영화, 문학을 만나다

소설 속 영화
영화 속 소설

영화, 문학을 만나다

소설 속 영화, 영화 속 소설

2016년 10월 10일 초판 1쇄 발행
2017년   7월 30일 초판 2쇄 발행

저   자 이대현
펴 낸 이 김영애
편   집 윤수미
마 케 팅 정윤성/이유림
펴 낸 곳 SniFactory(에스앤아이팩토리)
디자인/인쇄 (주)태원디앤피
등록번호 제2013-000163호(2013년 6월 3일)
주   소 서울시 강남구 삼성로96길 6 엘지트윈텔1차 1402호
         www.snifactory.com / dahal@dahal.co.kr
         전화 02-517-9385 / **팩스** 02-517-9386

ISBN 979-11-86306-59-8
값 15,000원

영화, 문학을 만나다

소설 속 영화
영화 속 소설

이대현 지음

다할미디어

책을 내면서

영화를 볼까, 소설을 읽을까.

원작이 있는 영화가 나왔을 때, 우리는 잠깐 이런 고민을 한다. 답은 '영화도 보고, 소설도 읽고'이다. 그러면 영화에서 훨씬 많은 것들을 보고 느낄 수 있다. 원작의 언어적 상상력을 영화에서는 시각적 영상으로 어떻게 표현하고, 변주하고, 압축했는지 비교하는 즐거움도 누릴 수 있다.

우리는 원작이 재미있으면, 영화도 재미있을 것이라고 기대한다. 그러나 대부분 실망이 더 크다. 단지 원작을 미리 읽은 탓일까. 아닐 것이다. 분명 다른 이유들이 있다. 어떤 영화는 원작이 정한 길을 무작정 따라가고, 어떤 영화는 원작을 듬성듬성 옮기고, 어떤 영화는 개성도 없이 제멋대로 바꾸거나 무시하고, 또 어떤 영화는 글과 영상의 차이를 모른다.

아무리 문학을 원작으로 한 영화라고 하더라도 영화는 영화다. 영화가 가질 수 없는 언어의 자유로운 표현과 상상력이 문학에 있듯이, 문학이 가질 수 없는 영상의 상징성과 은유가 영화에는 있다. 그것을 잊어버리거나 제대로 표현하지 못할 때, '원작만한 영화가 없다'는 소리가 나온다. 모든 영화가 그런 것은 아니다. 원작을 뛰어넘는 감동과 재미를 주는 영화도 많다.

여기 모은 글들은 그것에 대한 이야기들이다. 그렇다고 거창하게 서사학이나 기호학까지 들먹이며 텍스트 하나하나를 이론적으로 분석하고 비교한 것은 아니다. 할 이유도 없고, 솔직히 할 능력도 없다. '논문'에서나 할 일이고, 재미도 없다. 단지 문학과 영화를 좋아하고, '영화로 만나는 세상'에 관한 글을 오랫동안 써오면서 '원작이 있는 영화'에 대한 나름대로의 느낌을 정리한 것이다.

때론 원작이 있는 영화가 뜸해서 쉬고, 때론 원작에 너무 실망한 나머지 영화까지 보고 싶지 않아 건너 뛴 경우도 많아 긴 시간에도 불구하고 많은 작품을 이야기하지 못했다. 짧고 얕은 글과 생각으로 자꾸 이야기한들 무슨 의미가 있으랴. 다만 읽으면서 한 구절이라도 '그래, 맞아'라는 한마디를 들을 수 있다면, 아니면 자신의 느낌을 떠올릴 수 있다면 만족이다.

벌써 영화책으로는 여섯 번째인데도 변함없이 출판을 허락한 다할미디어, 이런 글을 쓸 수 있는 계기를 마련해준 대산문화, 글 구성과 책 제목을 생각해낸 아내(김혜원)에게 감사한다.

2016년 10월
이대현

영화와 문학,
그 운명적 만남

이야기의 '욕망'

스토리텔링의 시대다. 단순한 정보전달이 아니라 이야기로 감성을 이끌어내고 공감을 얻는 서사시대이다. 프랑스 작가 크리스티앙 살몽은 스토리텔링을 '사실적 및 허구적 사건을 시각이나 청각 등에 호소하며 실시간으로 재연해 전달하거나 소통하는 시공간적 또는 다감각적 또는 상호 담화 형식'이라고 했다. 한마디로 말하면 이야기 기법이다. 이야기가 있어야 스토리텔링도 있다.

인간은 이야기의 동물이다. 우리가 이야기라고 하는 서사는 인간의 사고와 언어, 문학과 예술의 기원이다. 스토리가 만들어내는 서사적이고 상징적인 세계는 삶을 파악하게 하는 소중한 수단으로, 서사는 '이야기'와 '그 이야기를 어떻게 설명하느냐'의 담화로 구분한다. 이야기는 사건과 인물로 구성되며, 담화는 이야기 전달과정을 의미한다. 그 이야기를 설명하고, 이야기를 하는데 필요한 요소들을 파악하고, 이들의 조합과 연결을 설명하는 것이 서사학이다.

ㄱ 영원불변의 고전이 2,000년 전 아리스토텔레스의 『시학』이다. 그는 "하나의 장르로서 비극(서사)이 성립되려면 전체적으로 여섯 가지의 구

성요소가 필요하다. 즉 플롯, 성격, 언어표현, 사고력, 시각적 장치, 노래이다. 이 요소들 중 가장 중요한 것은 사건들의 조직 즉 플롯"이라고 했다. 이야기는 서사의 내용이고, 플롯은 서사의 형식이다.

아리스토텔레스는 서사에는 보편성, 개연성, 필연성이 있어야 한다고 했다. 그 다음 중요한 것이 깨달음과 뒤바뀜, 고통과 카타르시스. 그 깨달음과 뒤바뀜의 결합이야말로 두려움과 연민을 자아내며, 연민은 부당하게 불행을 겪는 사람에게 향하고 두려움은 우리와 비슷한 사람에 대해 느끼는 감정이며 그로 인한 비극에서 오는 즐거움이 카타르시스라고 했다. 아리스토텔레스의 이론을 모르더라도 우리는 소설을 읽으면서, 영화를 보면서 이 같은 생각과 느낌과 감정을 가진다.

영화와 문학, 같음

문학도, 영화도 이야기다. 문학, 특히 소설이 서사문학이 아니라면 영화가 손을 잡지 않을 것이다. 그러나 같은 서사라도 영화와 문학은 작동하는 양상이 다르다. 문학은 글로 표현하는 서사물이고 영화는 영상으로 표현하는 서사물이다.

그러나 표현수단이 다르다고, 이야기의 공식들이 전혀 다른 것은 아니다. 김혜원의 논문 『아리스토텔레스의 '시학'을 통해서 본 영화의 대중성 연구』에 의하면 스토리의 구성요소인 '주체'는 변화를 시도하는 인물의 의도적 선택으로 구체화되고, '공간'은 인물이 처한 상황으로 제시되며, '시간'은 하나의 상황이 다른 상황으로 변화하는 과정에서 드러난다는 것이다. 아리스토텔레스가 말하는 플롯과 일치한다.

그렇다고 이야기 속의 사건들이 묘사 방식에 의해 플롯으로 전환될 때, 하나의 구조를 가질 필요가 없다. "순서 역시 이야기의 자연적인 논리와 똑같을 필요는 없다"고 한 미국 수사학자 시모어 채드먼은 〈영화와 소설의 서사구조〉에서 플롯의 기능은 어떠한 이야기−사건들을 강조하거나 덜 강조하고, 어떤 것들은 해석하고 다른 것들은 추측하도록 놓아두고, 보여주거나 이야기해 주고, 주석을 달거나 침묵을 지키고, 그리고 하나의 사건 또는 인물의 이러이러한 측면에 초점을 맞추는 것이라고 했다. 사건의 순서에 따라 수도 없이 많은 플롯이 만들어질 수 있다는 얘기다.

같은 문학작품을 원작으로 하는 영화가 어떻게 각색하느냐에 따라, 감독이 어떻게 만드느냐에 따라 달라지는 이유도 여기에 있다. 표현수단에 따라서도 같은 이야기도 그 전달방식이나 형식, 구성이 다를 수 밖에 없다. 스토리는 그 원형 자체로도 재미와 가치를 갖지만, 장르의 기법에 맞게 변형을 해야 한다. 수사적, 논리적, 역사적 변형이 있어야만 "원형 모티프의 이야기적 재미를 그대로 경험하면서도 동시에 시대와 역사, 상황에 맞는 흥미진진함을 맛볼 수 있게 된다는 것"이 문학평론가 허만욱의 애기다.

군이 이런 이론이나 설명이 아니더라도, 독자나 관객은 안다. 이야기도 뻔한 상투가 있고 삶과 시대, 보편적 경험을 녹여낸 원형이 있으며, 같은 이야기라도 문학과 영화가 똑같은 서사. 스토리텔링, 플롯이어서는 안 된다는 사실을. 영화와 소설은 인물의 행위로 사건을 만들고, 그것을 이야기하지만, 서로 다른 언어와 표현의 양식과 한계를 가지고 있기 때문이다.

영화와 문학, 다름

소설의 힘은 언어이고, 언어의 힘은 상상력이다. 우리는 소설이 묘사하고 설명하는 것들을 상상한다. 그리고 그 상상이 사고와 감정을 움직인다. 그 상상력은 주관적이다. 반면 영화의 힘은 이미지이고, 그 이미지는 시각적이다. 영상언어는 소설에서의 글의 추상을 영상으로 구체화, 감각화해야 한다.

물론 이미지로 영화 역시 상징화할 수는 있지만, 지극히 제한적이며 대중적 기호를 무시할 수 없다. 때문에 소설이나 만화, 희곡을 원작으로 하는 영화는 어떤 방식으로든 그것을 변형해야 한다. 영화의 방향과 목적에 따라서 플롯은 물론 스토리 자체까지도. 여기에는 언어예술인 문학이 가진 자유로움을 영상예술인 영화는 갖고 있지 못하다는 이유도 있다.

　　글은 인물의 내면까지 깊숙이, 주관적으로 얼마든지 오래 들어갈 수 있다. 그러나 영상은 그 내면을 구체적이고 대중적인 시각언어로 보여주고 설명하는데 한계가 있다. 그대로 전달할 수 없다. 배경이나 무대도 마찬가지다. 기술 발달로 많이 극복했지만 여전히 언어의 표현영역까지는 다다르지 못했다. 경제적, 시간적 제한도 있다. 그렇다고 영화가 언제나 한계만 느끼는 것은 아니다. 영화의 가장 큰 힘은 그것이 비록 허구이고, 연기이지만 살아있는 움직임, 즉 동영상에 있다. 영화 〈인셉션〉처럼 때론 그 영상의 창의성을 통해 글보다 훨씬 섬세하고 생생한 심리와 의식까지 표현한다. 소설이 긴 문장으로 설명하고 묘사한 것들, 복잡하고 긴 사건을 영화는 단 한 컷의 영상, 배우의 표정, 소품 하나로 더 강렬하고 명징하게 보여주기도 한다.

만약 영화가 소설을 그대로 따라해야만 한다면, 많은 부분을 영상 대신 글로 보여줘야 할 것이다. 그렇게 해서도 안 되고, 할 수도 없다. 소설에는 소설의 언어와 스토리텔링이 있고, 영화에는 영화의 언어와 스토리텔링이 있다. 장르적 특성과 경계만 가지고 있다면 아무리 같은 이야기라도 서로 다른 작품이 된다. 둘의 차이를 단순 비교하면서, 어느 쪽이 낫다고 함부로 단정할 수도 없다. 소설은 소설이고, 영화는 영화니까. 그래서 우리는 소설도 읽고, 영화도 본다.

Contents

허삼관(매혈기)

마션

나를 찾아줘

창문 넘어 도망친 100세 노인

여자를 증오한 남자들

케빈에 대하여

더 로드

따라하기

글(소설)이 가진 힘이 강하면 강할수록, 그것을
해체하고 파괴할 영상언어가 필요하다. 소설과
달리 영화는 상상력 자체가 무기가 될 수 없다.
그것을 표현할 장치를 찾아내야 한다. 소설의
힘이 강하다고 그 힘에 의지하면 영화는 언제나
소설의 껍데기, 아류만 될 뿐이다.

"

허삼관(매혈기)

"

굴이 회수(淮水)를 건너면 탱자가 되는 까닭은?

중국 작가 위화의 『허삼관 매혈기』는 슬픈 소설이다. 주인공의 독특한 캐릭터가 빚어내는 중국식 유머를 잃지 않고 있지만, 웃음 뒤에 남은 슬픔이 깊다. 그 슬픔은 주인공 허삼관의 삶의 방식과 가족관계에서 나오며, 아이러니하게도 둘은 하나로 연결된다.

바로 '피'다. "지금 몸속의 피 말고는 아무 것도 가진 게 없는" 허삼관에게 매혈은 가족의 생명을 살리는 일이다. 그에게 피는 곧 힘이고, 생명인 동시에 조상이자 자손이다.

불행은 허삼관에게는 그것이 '하나'로 일치하지 않은데 있다. 큰아들 일락이가 '자신의 핏줄'이 아니라는 사실은 불행이다. 조상과 생명을 팔아 다른 사람의 피를 지키고 키운다는 사실이 그로서는 싫고 수치스럽다.

장편소설 『허삼관 매혈기』의 감동과 아름다움은 이 길고 긴 '다른 피'의 갈등을 극복하는 주인공의 끈질긴 삶과 '피보다 진한 사랑'에 있다.

그것을 거친듯하면서도 섬세하게 담아낸 장면들이 가난한 시대, 보잘 것 없는 한 개인과 가족사를 세계적 문학작품으로 올려놓았다.

허삼관이 일락이를 아들로 받아들이고, 누구보다 깊고 짙은 아버지의 정을 보여주는 과정은 세 단계로 나눠진다. 그는 성마르다, 가벼우며, 줏대 없이 남을 따라 하고, 엉뚱한 고집도 부리지만, 천성이 착한 인간이다. 아무리 그렇다 하더라도 일락이가 친아들이 아니라는 사실을 안 이상 그냥 지나갈 수는 없다. 결혼 전에 일격을 당해 남의 아이를 임신한 아내가 낳은 자식이어서 당장 쫓아내지는 못하더라도, 그 때문에 '자라대가리'란 욕까지 듣게 된 그로서는 조상과 생명을 판(매혈) 돈을 일락에게 쓸 수는 없다.

소설의 감동, 허삼관의 친아버지 되기

허삼관은 그렇게 했다. 일락이만 빼놓고 국수를 사먹으러 갔다. 그러나 그 때문에 친아버지를 찾아갔다가 쫓겨난 일락이가 남의 집 대문 앞에서 울고 있는 것을 발견한 순간, 그의 결심은 무너진다. '축 처진 어깨에 고개를 푹 떨군 채 온몸을 들썩거리는' 일락이 앞에 쪼그려 앉은 허삼관의 한마디.

"자, 업혀라"

참, 어쩔 수 없는 인간이다. 마음이 여린 허삼관은 일단 일락이의 아버지가 된다. 그러나 아직은 아비 노릇에 불과하다. 이어지는 허삼관의 투덜거림에서 알 수 있다.

"널 11년이나 키웠는데, 난 고작 계부 밖에 안 되는 것 아니냐… 나만큼 재수에 옴 붙은 놈도 없을 거다. 내세에는 내 죽어도 네 아비 노릇 안 할란다. 나중에는 네가 내 계부 노릇 좀 해라. 너 꼭 기다려라. 내세에는 내가 널 죽을 때까지 고생시킬 테니."

그래도 소설을 읽는 우리는 안다. 믿는다. 일락이를 업은 허삼관이 바로 집으로 가지 않고 국수 먹이려고 승리반점으로 발길을 돌리는 모습에서 머지않아 진짜 아버지가 될 것이라는 사실을. 그리고 그날은 예상대로 2년 후에 찾아왔다.

위독한 친아버지 하소용의 목숨을 구하기 위해 일락이에게 지붕에 올라가 곡을 하고 혼을 부르라고 시킨 날, 친구가 일하고 있는 허삼관을 찾아와 전한다.

"일락이가 울지도 않고, 소리도 안 지르더라. 지붕위에 앉아서 하소용이 자기 친아버지가 아니고, 자네가 자기 친아버지라고 말한다니까. 자네 부인이 타일렀지만 자기 엄마더러 창피한 줄도 모른다고 하더라"고.

그 말에 "역시 내 아들이야"라고 흐뭇해한 허삼관. 일락이에게 "착한 내 아들아. 일락이 넌 정말 착한 내 아들이다. 내가 널 13년 동안 헛 키우지 않았구나"라고 말해준다. 그리고는 억지로 두어 번 소리치고 내려온 일락의 손을 잡고, 동네 사람들에게 식칼로 그어 피가 낭자한 자신의 얼굴과 팔을 보여주며 소리친다.

"만약에 다시 한 번만 일락이가 내 친아들 아니라고 말하는 자가 있으면 이 식칼로 베어버릴 테요."

이 순간부터 일락이는 뼈 속까지 진짜 허삼관의 자식이 되었다. 어쩌면 하옥란을 아내로 만든 처음부터 일락이 역시 아들로 받아들여야할 운명이었는지도 모른다. 소설은 그 극적인 순간을 지나면서 일락이의 친아버지로서 허삼관의 희생과 사랑을 이어간다. 문화대혁명으로 하방 갔던 일락이가 피골이 상접해 잠시 집에 왔다가 덜 회복된 몸으로 돌아가는 날, 허삼관은 피 판 돈을 몽땅 준다. 그가 그토록 주장하던 자신의 '생명'을, '조상'을 일락이에게 준 것이다.

그리고 간염에 걸려 동생에게 업혀 다시 돌아온 일락이의 치료비 마련을 위해 목숨까지 불사하며 피를 팔고, 또 판다. 소설 『허삼관 매혈기』의 아름다움과 감동은 이 세 번의 일락이에 대한 허삼관의 마음에서 나온다. 만약 이것이 없다면 소설 역시 평범한 세태소설, 지루한 가족 이야기로 끝났을 것이다.

영화가 놓치고, 무시한 두세 가지 것들

영화는 소설의 많은 것을 놓쳤다. 배우 하정우가 두 번째 메가폰을 잡고, 주연까지 직접 맡은 영화 〈허삼관〉의 구성은 성기고, 인물들은 어색하고, 감정은 건조했다. 영화는 한 귀퉁이에 감동이란 말을 달아놓기는 했지만 코미디를 선언했고, 억지스럽게 그 길로 가려했다.

'씨'가 다른 아이를 아들로 키우는 한 남자의 아이러니한 상황. 그것으로 웃음을 만들어내고 싶은 욕망은 포스터에서부터 나타나 있었다. 그러나 감동이 그렇듯 코미디도 억지로는 안 된다. 이야기가 펼쳐질수록 관객도 배우도 어딘가 맞지 않은 옷을 입은 것처럼 스멀스멀 어색해 진다.

그렇다고 색깔을 바꿔 날카로운 세태풍자를 담은 블랙코미디로 변신한
것도 아니었다. 차라리 영화제목 뒤에 붙인 '휴먼 드라마'가 되기로 작심
하고 소설의 백미인 '허삼관이 일락이를 친아들로 받아들이는 세 번의 사
건'만이라도 제대로 살렸다면 비슷한 삶의 흔적을 가진 우리나라 관객들
도 감동했을 것이다. 일락이 역을 맡은 아역배우가 보여준 순수와 눈물과
용기의 인상적인 한 두 장면을 보면 더욱 아쉽다.

소설의 허삼관은 평범한 인물이다. 영화의 설정보다 10년이나 앞선
1940년대 후반 중국의 가난하고, 못 배우고, 힘 없는 아버지. 물론 그의
행동거지, 윤리관, 가치관이 혈연에 대한 집착이 훨씬 강하고, 여성의 성
윤리가 더욱 혹독한 우리에게 다소 이질적인 것은 어쩔 수 없다고 하자.
허삼관과 아내 하옥란이 한국인은 아니니까.

그러나 소설은 읽다보면 처음엔 어색하다가도 곧바로 동화와 감정이입
이 된다. 아무리 나라와 민족이 다르더라도 거기에는 '언젠가 나도 이런
느낌을 가져본 적이 있는' 보편적 감정이 담겨 있기 때문이다. 그 보편성
은 진부함과는 다르다. 작가인 위화의 말처럼 그것은 누구도 쉽게 팽개칠
수 없는 인간적 가치관과 행동들이다. 기른 정(情)의 소중함, 남의 '씨'라
고 국수조차 사주지 않던 일락이를 위해 나중에 '피'판 돈을 기꺼이 내놓
는 허삼관의 사랑과 희생, 그렇게 되기까지의 과정은 시대와 장소와 인종
을 초월한 아름다움과 선이다.

위화는 소설은 '오래도록 버리지 못하고 간직해온 미련, 기억'이라고
했다. 그는 그 기억을 통해 다른 사람들로 하여금 지나간 삶을 추억하게
했고, 그 삶을 다시 한번 살도록 해주었다. 별난 것 같고, 나와 다른 것

같지만 결국은 같은 사람, 그가 바로 허삼관이다.

옷만 바꿔 입는다고 사람이 바뀌진 않는다

영화 〈허삼관〉은 그 추억조차 제대로 붙잡지 못했다. 그러니 정서의 탈바꿈을 어찌 기대하랴. 배경을 6·26전쟁 직후인 1950년대 한국으로 맞췄을 뿐, 허삼관(하정우)과 허옥란(하지원)에게 시대의 감정이나 색깔이 없다. 먹고 살기조차 힘들어 강냉이 장수로 나선 허옥란에게는 절박함이나 가난의 찌든 때가 보이지 않았다. 마치 학예회에 나온 듯한 예쁜 몸짓과 표정만 있을 뿐이었다.

더욱 뜨악한 것은 11년 동안 남의 자식을 키웠다는 사실을 알게 된 허삼관의 반응이었다. 아무리 허풍스러운 캐릭터를 지향한다 하더라도, 감정이입을 위해 영화의 분위기가 일정시간 심각하게 전개되는 것을 두려워하지 않았어야 했다. 인물을 내면화 하지 못했으니, 정서를 우리 것으로 만들지 못한 것은 당연했다. 웃음을 의식한 것이었다면 착각이었고, 원작을 의식한 것이었다면 너무 소심했다.

어정쩡한 따라가기는 인물과 정서만이 아니었다. 무대와 배경도 정체성 없이 혼란스럽기는 마찬가지였다. 거리와 간판, 사람들 모습은 분명 1950년대 작은 소도시(충남 공주)인데, 전체 느낌은 중국으로 착각할 만큼 모호하다. 영화에 익숙해지면서 그 혼돈이 조금씩 사라지기는 했지만 '무국적' 냄새가 완전히 지워지지 않는다. 이 역시 원작을 과감히 탈피하지도, 그렇다고 완전히 받아들이지도 못한 탓이라고 할텐가.

영화 〈허삼관〉은 소설이 가진 중요한 또 한가지를 소홀히 했다. 매혈과 문화혁명으로 대표되는 역사와 시대상황이다. 50대 이상은 기억하겠지만, 허삼관이 살았던 중국과 마찬가지로 우리에게도 '매혈'의 시대가 있었다. 그리고 그 피는 허삼관의 말처럼 아무것도 가진 것이 없는 인간들의 가장 자학적인 마지막 돈벌이였다. 삶의 고비와 위기 때마다 조상을 팔아서라도, 가족을 먹여 살리는 수단이자, 비참한 선택이었다. 때문에 매혈은 허삼관 이야기의 큰 줄기이자, 주제를 끌고 가는 수레인 셈이다.

영화에서 매혈은 그런 의미도, 비중도 뚜렷하게 찾아볼 수 없다. 그렇게 절박하지도, 최후의 수단도 아니다. 마지막 일락이의 병원비를 위해 허삼관이 연이어 매혈을 하는 것도, 소설의 구성을 따라가지만 중국과 달리 땅이 좁은 한국이란 사실과 1960년대 초반으로 시간을 정지시켜버려 설득력을 잃었다. 일락이의 병원비를 결국은 허옥란이 장기이식을 해주고 마련하는 것에서 보듯, 매혈이 아무런 울림 없이 아버지만의 절박한 몸짓으로만 남아버렸다.

소설에서는 작가, 영화에서는 감독

소설은 허삼관의 예순 나이까지 이어간다. 피를 팔아 살아가는 한 작은 도시의 가난한 남자와 그의 가족에게는 전혀 무관할 것 같았던 시대의 물결과 역사도 그 세월을 따라 그들에게 밀려든다. 아이들은 뿔뿔이 농촌으로 흩어지고, 일락은 병에 걸리고, 허옥란은 '화냥년'으로 손가락질 당해 삭발을 당한 채 거리에 내몰리는 수모와 아픔을 겪는다. 그야말로 무

출처: 네이버

명의 민초인 허삼관과 가족들이 겪는 문화대혁명과 하방의 질곡은 소설 『허삼관』을 시대와 사회소설의 생명까지 불어넣는다. 허구이지만 그 역사의 소용돌이가 그들을 겉돌고 지나가는 것이 아니라, 그들에게 시련을 안긴다. 그것을 뚫고 나옴으로써 그들의 삶을 더욱 소중하고 아름답게 만들고, 가족을 진정으로 사랑하게 만든 것은 작가의 솜씨이다.

피 판 돈을 일락이가 몸이 아프자 선뜻 내주는 허삼관, 길거리에 내몰린 아내 허옥란이 먹을 반찬을 밥통 밑바닥에 숨겨 갖고 가는 허삼관, 이런 아버지와 남편을 누가 '자라대가리'라고 욕할 것인가. 허삼관이 비록 서해 건너 남의 나라의 보잘 것 없는 인간이지만 한없이 따뜻하고, 인정 넘치고, 가족을 위해 모든 것을 희생하는 우리 아버지들과 무엇이 다른가. 영화가 놓친 것도 바로 이런 허삼관이다.

영화도 얼마든지 가능했다. 그러나 놓치고, 무시하고, 빼먹고 어설프게 줄이고, 모방하다 스스로의 모습조차 잃어버렸다. 귤이 회수(중국의 화이수이 강)를 건너면 탱자가 된다. 기후가 다르고 토양이 다르기 때문이다. 돼지 간볶음을 순대로, 국수를 만두로, 간염을 뇌염으로, 상해를 서울로 바꾸기만 하면 귤이 그대로 귤로 다시 열리는 것은 아니다. 시대와 시간의 생략과 단축, 중요한 모티프의 포기, 인간에 대한 깊이 있는 통찰부족, 내면화 하지 못한 배우들의 연기로는 영화의 허삼관이 소설의 허삼관이 결코 될 수 없다.

그 이유가 자신감 부족이든, 경험 부족이든 모두 감독의 책임이다. 감독이 직접 연기를 한다고, 아니면 배우가 직접 감독까지 한다고 그 책임이 없어지는 것은 아니다. 우리 땅과 사람이 아니어서 어쩔 수 없이 나타나는 정서의 차이라고 말하면 비겁하다. 한국의 기후와 토양에 맞게 과감하면서도 정교하게 개량을 하지 않았으니 자업자득이다. 작은 흠이 이같은 결과를 낳은 것도 아니니 애석해 할 일도 아니지만.

"

마션

"

영화가 '과학'일 필요는 없다

SF(science fiction)영화는 과학이 아니다. 과학일 필요도 없다. 어디까지나 과학적 사고를 바탕으로 하는 허구이다. 그래서 과학이란 말 뒤에 '픽션'을 붙였다. 물론 우리가 허구라고 생각했던 것들이 '현실'이 되기도 하지만.

인간이 우주를 얼마나 알고 있을까. 인간이 달에 가고, 목성에까지 탐사선을 보낼 만큼 과학기술은 발달했지만, 우주전체로 보면 여전히 인간의 손길이 닿은 세상은 티끌에 불과하다. 더구나 광활한 우주, 은하계, 그 바깥의 세상을 인간이 어찌 알 수 있으랴. 영원한 '신의 영역'인지도 모른다.

우리에게 우주는 여전히 상상과 가정의 세계이고, 인간의 능력으로는 그것을 아주 조금씩, 천천히 알아갈 뿐이다. 그리고 이제 화성에까지 인간이 가는 시대가 오고 있다. 미국의 컴퓨터 프로그래머 앤디 위어의 소설 『마션』은 최초로 화성에 갔다가 사고로 혼자 남은 한 남자의 생존기이다. 물론 허구이며, '어느 괴짜 과학자의 화성판 어드벤처 생존기'란 부제에서 추측할 수 있듯이 휴먼 코미디이다.

이를 원작으로 리들리 스콧 감독이 영화화한 〈마션〉도 입증된 과학적 근거들을 바탕으로 했지만 역시 SF이다. 아직 화성에 간 인간은 없다. 무인우주선이 그곳에서 보낸 정보로 중력, 공기, 토양의 상태는 알아냈지만 100% 확신할 수 없다. 미국 항공우주국(NASA)이 화성에서 물을 발견했다고 발표했지만, 그것을 직접 만져보거나 본 사람은 없다. 다만 과학과 자료를 근거로 '사실'일 것이라고 믿을 뿐이다.

화성 그 존재는 확실하지만, 여전히 그 세계는 '상상'에 머물고 있다. 당연히 영화 〈마션〉도 과학 다큐멘터리나 탐사물이 아니다. 여기에다 대고 정색으로 과학적 잣대를 들이대면서 "이것은 말도 안 된다", "저것은

억지다"라고 분석하고, 비판하고, 오류를 검증하려고 덤비는 일은 어리석다. 화성보다 어마어마한, 다른 은하계와 블랙홀, 웜 홀에까지 가서 시간의 길이가 다른, 과거와 현재가 공존하는 상황을 맞은 한 남자의 이야기 〈인터스텔라〉도 그렇다. 꿈을 현실로 생각하고 우기는 것과 마찬가지일 것이다. 물론 과학도라면, 그리고 우주공학도라면 자신의 전공지

식을 살려 그렇게 따져보는 것이 영화를 보는 또 다른 재미일 수 있지만.

그러나 독자와 관객은 모두 과학자가 아니니 솔직히 이런 영화와 소설 앞에서 그럴 필요도, 이유도 없다. 얕은 과학적 지식으로 영화와 소설이 가진 상상력의 재미를 스스로 반감시키는 짓은 하지 말아야 한다. 오히려 과학적으로 말이 안 된다고 하는 그 상상이 어느 날 현실이 되기도 하기 때문에 '미래의 사실'이라고 믿으면서 읽고 보면 더 짜릿하다. 어쩌면 과학은 그 엉뚱한 상상을 조금씩 현실로 만드는 학문인지도 모른다. 이미 많이 그렇게 했다.

과학적 잣대로 '상상의 재미'를 반감시키지 말아야

그러니 지금의 과학적 잣대야말로 우주에 대한 상상에는 소용이 없다. 엉터리라고 하더라도 소설과 영화가 마음대로 상상하도록 내버려두는 것이 과학에는 미래의 귀중한 선물이 될지도 모른다. 때문에 소설이 과학적 설명이나 이론들을 제대로 기술했는지, 영화가 그 이론대로 제대로 영상화했는지 따지는 것은 피곤하고, 무의미한 일이다.

소설 『마션』에서도 수많은 과학적 이론과 기술이 등장한다. 산소와 물 만들기, 우주 공간을 넘나드는 갖가지 통신수단, 기발한 식물 재배법 등. 방대한 일지 형식의 소설은 그것에 대한 아주 구체적인 원리와 공식, 형태와 과정을 세밀하게 제시한다. 친절하고 부지런한 과학자들의 분석에 의하면, 그 중에는 상당히 검증된 객관적인 '사실'도 있다.

물론 영화 〈마션〉은 그 '사실'마저도 하나하나 설명하지 않고, 축약된

이미지나 움직임으로 대신한다. 글과 영상의 차이에서 오는 불가피한 일이긴 하지만, 조금만 더 친절하게 자막으로라도 설명을 해주었으면 하는 아쉬움이 남는다. 그러나 영화는 어차피 그것이 중요한 것은 아니라고 말한다. 소설에서도, 영화에서도 과학은 그릇에 불과할 뿐, 그 안에 담긴 알맹이는 화성에서든 목성에서든 인간에 대한 고귀함과 생명의 가치에 대한 이야기니까.

영화 〈마션〉은 카피에서 '반드시 돌아갈 것이다'라고 선언했듯이 낯선 곳에 혼자 고립된 인간의 생존기이다. 무대만 다를 뿐, 이런 이야기는 〈로빈슨 크루소〉에서부터 〈캐스터 어웨이〉까지, 소설과 영화에 무수히 등장했다. 그리고 무대가 외딴섬, 정글, 상상의 거인국에서 우주 공간으로 확장된 것도 어제 오늘 일은 아니다. 이런 모험극은 두 가지 매력을 가진다. 하나는 호기심이고, 또 하나는 기대감이다. 호기심은 공간에 대한 것이고, 기대감은 인물에 대한 것이다.

　무대가 어디든 공통점도 있다. 주인공 모두 놀라운 집념과 잠재력으로 온갖 절망과 공포를 극복하고 생존에 성공해 우리 곁으로 돌아온다. 여기에는 몇 가지 조건이 있다. 그들은 하나같이 처음에는 절망에 빠져 차라리 죽는 것이 낫다고 생각한다. 그러나 포기 대신 곧바로 긍정적인 자세와 유머를 잃지 않고 우선 자기 앞에 닥친 문제들부터 하나하나 해결한다. 식량을 구하고, 불을 만들고, 생명을 위협하는 것들을 물리치기 위한 독창적인 기술을 개발한다. 무엇보다 반드시 살아서 돌아가겠다는 생존에 대한 의지를 잃지 않는다.

　영화 〈마션〉의 주인공 마크는 21세기 최첨단 로빈슨 크루소이다. 장소가 환경이 전혀 다른 지구가 아닌 우주이고, 그래서 상상조차 할 수 없는 상황들이 전개되고, 아득한 거리와 시간으로 설사 누군가 그의 위치와 존재를 알아도 구조나 도움이 거의 불가능한 '화성'이지만 '무인도'의 로빈슨 크루소와 상황과 조건이 같다. 〈마션〉은 화성탐사팀으로 우주를 날아가 인류 최초로 미지의 땅에 도착했지만, 6일 만에 모래폭풍으로 부상을 입고 화성에 홀로 남은 그가 무려 500여 일을 혼자 견디며 마침내 떠났던 동료들에 의해 구조되기까지의 이야기를 시시각각 그려간다.

　그렇게 오랜 기간 우주 고아로서 생존할 수 있었던 것은 그가 천재과학자여서도, 화성에서 감자재배에 성공한 뛰어난 식물학자여서도, 강한 체력의 소유자여서도 아니었다. 그랬다면 한낱 별난 사람의 별난 경험으로 끝났을 것이다. 그는 보통 인간으로 자신이 처한 상황을 인정했고, 그 절망적 상황에서도 희망을 버리지 않았고, 그 희망을 이어가기 위해 최선을 다했고, 스스로 살아 돌아가야 할 이유를 만들었다. 때론 어이없게도 '스타'가 될 수 있다는 꿈도 꾸었다.

인간의 생명이 곧 우주이기 때문에

그래서 그는 포기하지 않고 주어진 여건에서 시행착오를 겪어가면서 문제를 하나씩 꼼꼼하게 해결하고, 끈기를 가지고 생존에 최선을 다했다. 나름의 이론과 실험으로 감자를 심어 부족한 식량을 해결하고, 물과 공기를 만들고, 가지고 있는 장비를 동원해 전기를 만든다. 그리고 마침내 무인화성탐사선이 남겨놓은 옛 통신장비인 패스파인더를 사막에서 찾아와 비록 송수신에 32분이 걸리는 스틸카메라의 아날로그 방식이지만 지구와의 교신에 성공한다.

물론 우리는 알고 있다. 그가 결국에는 지구로 돌아오리라는 것을. 영화이고 소설이니까. 알면서도 마음 졸이며, 응원하면서 그와 함께 하려는 것은 생존투쟁기를 통해 보여주는 그의 정신과 태도가 우리에게 생명과 삶의 가치를 일깨워주기 때문이다. 구조되기까지 500여 일을 그는 기다림과 고통과 절망과 공포 속에서 버틴 것이 아니다. 그래서는 살아남을 수도 없다는 것을 누구보다 잘 알고 있다. 그런다고 달리질 것이 없으며, 지금 이 순간을 누구도 함께 할 수 없으며, 오직 자신만이 시간과 희망을 지킬 수 있다는 것을 알기에 생각과 마음을 바꾼다.

그는 스스로 화성의 주인이 된다. 우주의 해적, 화성의 정복자를 자처하면서 '생활'을 한다. 농부가 되어 농사를 짓고, 변화무상한 기후에 순

응하는 법을 배우고, 우주의 이치를 신의 섭리로 생각하고 익숙해지려고
애쓴다. 감자재배를 가능하게 해준 박테리아가 화성에서도 끈질긴 생명력
을 이어가듯, 그는 어떤 환경에서도 포기하지 않고 생명을 이어가려 한다.
설령, 그 생명이 끝내 구원받지 못하고 그곳에서 끝나는 한이 있더라도.

그는 처음에는 화성에서의 시간이 은총이 아니라, 저주라고 생각했다.
그러나 마침내 그가 화성에서의 생존투쟁을 이겨내고, 지구로 향하던 동
료들이 생존사실을 알고는 우주선을 되돌려 19개월의 비행을 연장하면서
까지 그를 무사히 구조했을 때 그 시간은 역사가 되고, 모든 사람들의 축
복이 되었다. 영화 〈마션〉의 마크는 끝까지 유머와 재치를 잃지 않음으로
써 우리에게 미지의 세계인 우주에 대한 친근감과 어디에서도 그 가치와
힘을 발휘하는 인간의 마음을 확인시켜주었다.

그렇게 하지 않았다면 소설도, 영화도, 마크도, 그를 도운 사람들도,
관객도 모두 지쳐서, 무거워서 쓰러졌거나 중도에 포기했을 것이다. 이런
설정에는 또 하나의 이유가 있다. 다름 아닌 우주보다 더 소중한 인간을
강조하기 위해서다. 실제라면 마크처럼 화성에서 500일 이상 생존할 사
람은 없다. 설령 버티었다고 해도 마크의 말처럼 무려 30억 달러짜리 우
주선(MAV)의 장치들을 모두 뜯어내 깡통으로 만들고, 탐사대 동료들이 명
령을 어기면서까지 목숨 걸고 비행기간을 19개월이나 연장해 그를 구하
러 되돌아가지도 않을 것이다. 십중팔구, 그의 생존사실을 절대로 세상에
알리지 않을 것이고, 그냥 죽은 걸로 영원히 묻어버렸을 것이다.

그러나 〈마션〉은 소설이고 영화다. 과학이나 우주개발이 아닌 인간으
로 돌아가야 한다. 한 인간의 생명과 삶을 지키기 위해서 수십 억 달러짜

출처: 네이버

리 우주선도 망가뜨리고, 다시 쏘아 올리고, 동료들은 19개월이 넘는 우주비행의 고통과 희생도 기꺼이 감수한다. 지구촌이 마크의 일거수일투족을 놓치지 않고 지켜보고, 그의 구출에 가슴을 졸이고 기도한다. 탐사대 동료들인 루이스, 베크, 조한슨, 마르티네스와 미 항공우주국장 샌더스, 화성탐사계획 총책임자인 카푸어, 제트추진연구소의 사람들까지 모두 '괴상한 식물학자 한 명을 구하기 위해' 몸을 던진다. 이런 일에 흔하게 나타나는 악당조차 한 명 없다.

왜 그래야 할까. 이유를 마크는 이렇게 말했다.

"모든 인간이 기본적으로 타인을 도우려는 본능을 갖고 있기 때문이다. … 이것은 어떤 문화권에서든 예외 없이 찾아볼 수 있는 인간의 기본적인 특성이다. 물론 그러거나 말거나 신경 쓰지 않는 나쁜 놈들도 있지만, 그렇지 않은 사람이 훨씬 많다. 때문에 수십 억 명의 사람들이 내 편이 되어주었다. 멋지지 않은가?"

과학적 논리와 상상력은 엉터리라도 영화와 소설은 딸을 다시 만나기 위해 다른 은하계로까지 간 〈인터스텔라〉의 쿠퍼를 지구로 돌아오게 하고, 어마어마한 비용과 노력을 들인 우주선을 깡통으로 만들어서라도 화성에 고립된 〈마션〉의 마크를 구해낸다. 한 인간에게는 자신과 가족이 세상이고, 우주이기 때문이다. 이름 없는 한 사람의 생명까지도 거대한 우

주와 맞바꾸는 선택. 비록 허구이고 상상일지라도 이 얼마나 멋진 일인
가! 마크의 말처럼.

　소설 〈마션〉은 컴퓨터 프로그래머 출신의 작품답게 독백도, 대사도, 서
술도 직설적이고 날렵하다. 감정의 숨김이나 은유도 없다. 그래서 이야기
가 짊어지고 있는 무게가 화성의 중력만큼이나 가벼워진다. 그러면서도
500여일 동안 마크가 기록한 일지에는 미래에 우리가 현실로 만날 화성
에 대한 관찰과 경험이 들어있다. 영상일지라면 몰라도 이를 영화에까지
다 담아달라고 요구하는 것은 과욕일 것이다. 리들리 스콧 감독도 알고
있기에 욕심내지 않았고, 그것이 영화의 무게 역시 가볍게 해 사뿐히 착
륙하게 만들었다. 거장은 거장.

"

나를 찾아줘

"

진실과 거짓, 아슬아슬한 경계

우리는 가끔 이런 사람을 본다. 너무나 우아하고 아름답고 자연스러운데 그 안에 진실이 없어 보이는 연기를 너무 진짜인 것처럼 하면서 "배역에 너무 몰입이 되어서"라고 말하는. 아마 그런 연극적인 삶을 살거나, 연기를 진짜처럼 하는 사람일수록 알고 보면 그런 자신에 염증을 내고 있을지 모른다. 그렇다고 과감하게 그것을 벗어던질 수도 없다. 어쩌면 진짜 삶이 싫어서 지금의 '연극적인' 삶을 살고 있을 테니까.

에이미 엘리엇도 그렇다. 그녀는 일기에 자신의 행동과 생각, 마음을 솔직하게 '고백'한다. 그 솔직한 서술을 우리는, 아니 경찰도 진실이라고 믿는다. 과연 '한 점 숨김 없는' 진실일까. 진실과 고백사이에는 정말 한 치의 틈도 없는 걸까. '고해성사'에서조차 진실을 다 말하지 못하는 것이 인간이다. 그래서 신이 아니라 인간이다. 신 앞에서도 자신을 솔직하게 보이지 않는 인간이라면, 하물며 인간 앞에서야.

인간의 고백을 듣고서, 참회의 눈물을 보고서, 아니면 그의 행동을 관찰하고 나서, 그것도 아니면 자서전을 읽고서 우리는 "너의 마음을 알아"라고 말하지만 인간이 스스로 고백하는 '진실'은 언제나 불확실하고, 부정확하다. 더구나 그 진실, 진심이 타인으로 하여금 믿도록 만들려는 거짓과 위선일 때야 말해 무엇하랴. 자신만이 간직해야 한다는 일기야말로 언젠가는 누군가가 읽을 것이란 강한 전제와 희망의 역설이다. 모든 말과 행동, 글은 혼자만을 위해 존재하지 못한다. 우리는 알고 있다. 인간이 아니면 신에게라도 보이고 읽혀지기를 원한다는 사실을. 더구나 미리 계산하고, 어떤 목적을 가지고 쓴 고백이라면 더욱 '진실'과는 거리가 멀어질 개연성이 크다.

미국의 젊은 여성작가 길리언 플린의 장편소설 『나를 찾아줘』(원제: Gone Girl)는 아슬아슬하면서도, 섬뜩하고, 굳건하게 그것을 이어가는 그런 여자의 이야기다. 여성잡지의 심리테스트 코너에 글을 쓰고 있는 에이미 엘리엇은 일기를 썼다. 그녀의 일기는 주로 남편 닉 과의 생활과 상황, 관계에 대한 것들이다. 그녀는 일기장에 부부생활의 감정을 솔직하게 기록한다. 심지어 남편과의 성관계까지도 적나라하게 묘사한다. 그러니 사람들은 그녀가 일기장에 적어놓은 고백과 기록이 진실일 것이라고 믿을 수밖에 없다. 더구나 그녀는 심리학을 전공했으니 어떻게 하면 사람들이 자신의 고백을 진실로 믿을지 잘 알고 있다.

그러나 그녀의 일기는 '진실'이 아니다. 소설 『나를 찾아줘』의 앞의 절반(제1부 남자, 여자를 잃다)은 그 거짓으로 채워진다. 그녀의 일기는 자신에 대한 애정이 점점 식어가는, 급기야 다른 여자와 외도를 하는 남편에게 복수하기 위한 치밀한 시나리오이다. 그녀의 각본(일기)에 의하면 남편은, 잡지사 기자로 일하다 해고당하고, 뉴욕을 떠나 부모가 계시는 고향 미주리로 이사했으며, 경제적으로 무능해진 이후 젊은 여자와 외도를 하고, 임신을 반대하고 그것도 모자라 아내 구타를 일삼는 형편없는 놈이다. 에이미는 일기장 마지막에 이렇게 적는다.

"이 남자가 날 죽일지도 모른다".

소설의 절반은 가짜, 절반은 진실

이렇게 나름대로 152일 동안의 가짜 '진실'을, 완벽하게 남편이 자신을 죽인 것처럼 완성한 결혼 5주년 기념일 아침, 그녀는 종적을 감춘다. 자신을 배신한 남편을 살인자로 몰아 사형대의 이슬로 사라지게 하고 자신도 자살을 할 생각이었다. 복수의 칼날은 일기장 속에 진실을 가장해 심어놓은 갖가지 장치와 암시에 의해 한 걸음 한 걸음 닉의 목을 향해 나아간다. 에이미는 선을 위장해 악을 행하는 소시오패스, 팜므파탈이다. 영화로 보자면 비슷한 스릴러물인 〈화차〉(감독 변영주)의 여주인공과 닮았고, 자신의 목적을 위해서는 수단과 방법을 가리지 않으면서도 성

적 매력으로 타인을 유혹해 파멸시키는 구스 반 산트 감독의 〈투 다이 포〉의 수잔(니콜 키드먼)을 떠올리게 한다.

이런 류의 인간들을 우리는 '이중적 자아의 소유자'라고 부른다. 그리고 그 이중성은 예외없이 그들의 과거의 삶에서 나온다. 에이미 역시 이중적 자아를 가질 수 밖에 없는 어린 시절을 보냈다. 부모 탓이다. 그녀는 실제 자아를 감춘 채, 또 다른 에이미인 부모가 출간한 인기 아동도서시리즈인 『어메이징 에이미』의 이상적이고 멋진 주인공, 허구적인 자아로 자라야 했다. 사람들은 에이미를 책 속의 주인공과 동일시했고, 그것이 주는 이익과 만족을 위해 부모는 그녀에게 그렇게 살도록 강요했다.

허구적 자아와 현실적 자아의 충돌과 혼란은 거짓과 진실의 혼란으로 이어진다. 강요된 자아에 대한 환멸은 그녀를 평범한 닉 던과 결혼하게 만들었지만, 그럴수록 허구적 자아에 대한 집착과 동경이 그녀로 하여금 현실에 대한 환멸과 염증을 일으키게 만들고, 일말의 양심의 가책도 없이 자신에게 조금이라도 상처를 주는 인간에 대한 잔인한 복수와 자기파멸도 불사하는 악마성을 부추겼다.

그래서 소설 『나를 찾아줘』는 겉은 스릴러물이지만 속은 심리드라마이다. 일기장 속의 에이미와 생활 속에서의 에이미, 동화책 속의 에이미와 현실 속의 에이미의 모습들이 뒤섞이면서 결말을 알 수 없는 사건이 시작되고, 그것을 둘러싸고 그녀는 물론 급기야 주변인물들의 진실과 거짓까지 교차시킨다. 부도덕한 인간으로 아내 살해의 유력한 용의자로 점점 굳어져가는 남편 닉도 에이미의 진실을 안 뒤에는 거짓 눈물로 사실과 생각 사이에서 위태로운 줄타기를 하며 반전을 시도한다. "누군가를 진정으로 사랑하는 것과 그 사람에 대한 생각을 사랑하는 것이 다르다"는 사실을 알면서도 사실과 생각을 혼동한다. 아버지에 대한 사실과 기억을 혼동하듯.

이런 진실게임을 통해 에이미가 얻고자 하는 것은 결국 '욕망'이다. 그 욕망 역시 허구와 현실의 자아처럼 이중적이다. 그녀가 남편에게 살인누명을 씌워 복수를 하려는 것도, 복수가 남편의 사실과 생각의 혼동으로 좌절 위기에 처하자 옛 남자친구를 죽이고 태연하게 돌아와서는 사랑 넘치는 닉의 아내인 동시에, 새롭게 더 꾸며진 동화의 주인공으로 살아가는 것도 그렇다. 선과 악, 허구적 자아와 현실적 자아의 이중성과 혼동, 그것을 이용한 범죄와 욕구충족, 그것에 대한 죄의식의 마비. 어쩌면 이런 것들을 에이미는 자신의 정체성이고 '진실'이라고 생각하는지 모른다. 그 사실을 알기까지 640쪽에 달하는 소설의 절반을 차지하는 그녀의 일기를 '진실'로 믿고 읽어야 하는 긴 시간을 지나야 한다.

그렇다고 소설의 그 절반을 '사기'라고 말할 수 없다. 에이미의 일기는 치밀하게 짠 '거짓'이지만, 그 자체가 하나의 훌륭한 이중인격자의 '심리보고서'이고, 재미있는 스토리텔링이기 때문이다. 이 소설이 세계적인 인기를 끈 이유도 에이미와 닉의 거짓 속에 스며있는 남녀의 사랑과 결혼,

부부생활에 대한 날카롭고 솔직한 심리에 있을 것이다.

에이미를 이중적 자아로 만든 것도, 그렇게 싫었음에도 결국에는 허구적 자아로 돌아오게 만든 것도 그녀 자신이 아니다. 겉으로는 자식을 끔찍이 사랑하는 척하며 속으로는 딸을 이용하기 위해 이중적 길들이기를 한 그녀의 부모, 그녀를 이해하기 보다는 소유하려는 그녀의 옛 남자친구들과 비겁한 남편 닉, 그리고 선정성에 매달린 멍청한 언론이다. 그들이 변하지 않는 한 에이미는 살인까지 저지르고도 태연히 피해자 행세를 하며 닉의 사랑하는 아내로, 동화시리즈의 여주인공으로 아름다운 위선을 과시하며 남편까지 이중적 인간으로 만들고, 세상을 속이면서 살아갈 것이다.

강렬한 영상으로 심리를 압축하기는 했지만…

'원작이 있는 영화'는 그 작품의 '실체'를 알기 위해 원작을 읽어야 한다. 원작이 뛰어나면 뛰어날수록 그에 버금가는 영화, 아니면 그것을 뛰어넘는 영화가 좀처럼 나오지 않기 때문에 더욱 그렇다. 원작이 가진 상상력을 시각화하는 영상언어를 제대로 찾아내지 못한 각색, 원작의 무게에 짓눌려 자유로움을 포기하고 아무런 변주 없이 따라가기만 하는 연출, 인물을 제대로 이해하지 못한 배우들의 흉내내기 수준의 연기 등 이유는 갖가지다.

그럼에도 불구하고 영화는 뻔뻔스럽게 "굳이 힘들게 소설 읽지 말고, 극장에서 편안하게 두 시간 만에 명작을 읽어라"라고 유혹한다. 마치 영화가 원작이 가진 언어의 상상력까지 모두 대신 할 수 있는 것처럼. 원작이 방대하고, 깊을수록 영화의 유혹은 달콤하고 강력하다. 그 유혹에 빠지지 않고 영화를 보고나서도 굳이 원작을 읽는 경우는 두 가지다. 영화가 워낙 실망스러워 원작에서 제대로 작품성을 확인하고 느껴보고 싶어서, 아니면 영화가 너무나 감명 깊어서 그 여운을 원작에서 다시 느껴보고 싶어서다. 십중팔구 어느 쪽이든 '원작'이 실망을 안기는 일은 드물다.

예외는 있다. 누구도 예상 못한 짜릿한 반전이 있는 스릴러물이다. 아무리 영화가 원작을 망쳐놓았더라도, 아무리 원작의 스토리텔링이 탁월하더라도 이미 스스로 '스포일러'가 되어버렸기 때문이다. 적어도 '마지막 극적 반전'이란 조건에서 보면 〈나를 찾아줘〉도 마찬가지다. 데이비드 핀처 감독의 영화가 에이미의 일기장에 숨은 이중적 심리를 제대로 살리지 못해 초반에 지루했든, 그래도 영화식 플롯으로 사건의 전개와 결말, 반전만큼은 원작 못지않게 깔끔하게 마무리했든. 영화를 보고 소설을 읽는다면, 극적 '반전'이 주는 긴장의 맛은 없을 테니까.

그렇다고 영화 〈나를 찾아줘〉가 원작을 망친 것은 아니다. 원작자가 직접 쓴 각본은 정리가 잘 되었으며, 영화에 필요한 자잘한 사건을 만들었으며, 영화 후반, 감독은 연출에 강약을 조절했고, 갈수록 작품 속으로 빠져드는 듯 배우들(벤 애플렉, 로자먼드 파이크) 연기는 강렬했다. 그렇다고 에이미의 '일기장'조차 필요 없어진 것은 아니다. 한 여자의 이중적 자아심리와 그것의 근원에 깊이 스며있는 아픔과 상처, 그로 인해 왜곡된 욕망과 악마적 행동과 파괴적 일탈을 '거짓과 위선'이란 줄 위에서 이처럼 날카롭고 섬세하게 풀어놓은 작품은 흔하지 않다. 그것을 영화가 단편적 그림일기로 모두 이야기하기에는 역부족이다.

　영화 〈나를 찾아줘〉는 재미있지만, 뒤끝이 개운하지 않다고 말하는 사람들이 있다. 닉의 인생처럼, 어쩌면 우리가 바라는 결말이 없기 때문인지도 모른다. 통상적인 소설과 영화의 관습, 보편적 가치관으로 보면 당연하다. 이 작품에는 권선징악의 카타르시스가 없다. 정의를 말하려 하지도 않고, 진실이 무엇이냐도 그리 중요하게 생각하지 않는다. 선도, 악도, 진실도, 위선도, 거짓도 인간이 만들고, 인간관계 속에서 선택하고 행해진다. 그리고 에이미처럼, 나중에는 닉처럼 우리 모두 이 굴레에서 벗어날 수 없다는 것이다. 에이미는 어디에나 있다. 내 가까이에. 어쩌면 벌써부터 내 안에 들어와 있는지도 모른다.

　소설에서 에이미는 이렇게 고백했다.

　"닉은 나를 사랑했다. 하지만 그가 사랑한 것은 진짜 내가 아니었다. 닉은 세상에 존재하지 않은 여자를 사랑했다. 나는, 내가 종종 그러듯이, 특정한 인격을 가장하고 있었다. 나도 어쩔 수가 없다. 나는 늘 그렇게 살아왔으니까. 어떤 여자들이 정기적으로 패션을 바꾸듯, 나는 인격을 바꾼다"라고.

　그럼 나는?

"

난 그저 당신이 듣고 싶은 이야기를 한 것뿐이야

"

창문 넘어 도망친 100세 노인

"

황당한 100년, 더 황당한 100분

100세 노인. 아무리 고령화 사회로 이제는 심심찮게 노년 드라마가 나오는 시대라고 해도, 영화로는 내키지 않는 주인공이다. 영화는 늙은이를 싫어한다. 아니 세상이 그렇다. 누가 늙은이가 된 자신의 모습을 기껍고 무심하게 받아들일 수 있으랴. 그것이 설령 영화라고 하더라도. 드라마 '디어 마이 프렌즈' 처럼 아무리 멋진 인생이고, 결말 역시 해피엔딩이라고 해도 노년은 쓸쓸하고, 아프고, 처량하다. 조금씩 세상에서 밀려나 아무리 발버둥쳐도 다시 그 안으로 들어가는 못하는 존재. 삶이 그런데 어쩌랴. 현실은 현실이다.

그 속도를 조금이라도 늦추기 위해, 정지시키려고 죽어라 운동하고, 다이어트 하고, 그래도 안 되면 얼굴 피부를 당기는 성형수술도 한다. 고령의 여배우들을 보면 얼굴에 수술 흔적이 한결같다. 젊게만 보인다면 TV에서, 잡지에서, 거리에서 성형외과 의사가 비슷한 얼굴로 만들어준 소위

'의자매(醫姉妹)'들을 몇 명이나 만나도 상관없다. 속은 주름이 쭈글쭈글해도, 고무인형 같아도 '젊어졌다'는 말을 듣고 싶어한다.

100세 노인은 복지천국이라는 스웨덴에만 있는 것은 아니다. 우리나라도 벌써부터 '백세 인생'이라고 노래하고 있다. 그냥 방안에 누워 골골 생명을 이어가는 100세가 아니라, 손수 빨래하고, 밥 해먹고, 걸어서 시장에 가고, 친구와 여행도 가고, 병원도 혼자 가는 100세 말이다. 무명가수 이애란을 하루아침에 스타로 만든 '백세인생'은 노래한다. '팔십 세에도 아직 쓸 만해서 못 가겠고, 구 십 세가 되어도 재촉하지 말고, 백 세 때 좋은 날 좋은 시에 가겠다'고. 여기에는 때 이른 죽음을 거부하는, 때가 되었을 때 죽음을 초연히 받아들이겠다는 인생관이 담겨있다. 그 때가 100세다. 희망의 표현이기도 하고, 고령화시대 우리 삶의 투영이기도 하다.

노래의 유행도 우연이 아니다. 세태를 꼬집고, 정서와 심리를 반영한다. 노래 '백세인생'의 뒤늦은 열풍은 우리의 자화상이다. 8분의 6박자에 8소절이 5번이나 단순하게 반복되는 민요가락의 이 노래는 마지막 소절을 '아리랑'에서 그대로 따왔다. '아리랑'의 마지막 구절처럼 이제 우리는 원하든 원하지 않든 '고개를 넘고 또 넘어야' 한다. 100세까지. 그

것을 위해 얼마나 많은 날들을 외롭고 힘들게 지나가야 할까. 어쩌면 '백
세인생'은 삶의 애착보다는 살아야 할 시간들에 대한 슬픔과 인생의 무
상, 죽음에 대한 두려움을 노래하고 있는 것인지도 모른다.

　아무리 100세 시대라도 "빨리 죽어야지"라는 노인의 말은 거짓말이
다. 인간은 본능적으로 오래 살고 싶어 한다. 쇠똥 밭에 굴러도 이승이 낫
다고 한다. 누구도 저승의 세계를 알지 못하니 죽음이 두려울 수 밖에 없
다. 아이러니하게도 더 천천히 늙는 장수세상이 되면서 인간은 늙음을
더 두려워하게 됐다. 그 시간이 너무나 길다. 그러나 요나스 요나손의 소
설 『창문 넘어 도망친 100세 노인』의 주인공 알란의 어머니가 한 말처럼
괜히 고민해봤자, 헬스클럽과 성형외과를 들락거려봤자 도움이 안 된다.
"어차피 일어날 일은 일어나고, 세상은 살아가게 되어 있는 것"이다. 21
세기, 고령화 사회라고 무슨 수가 있으랴.

　100세면 한 세기다. 그것을 현대
사에 대입해 되돌아보면 정말 현기
증이 날 정도로 파란만장하고, 엄청
난 변화의 기간이다. 아무리 건강에
는 문제가 없더라도, 100세까지 살
고 있다는 것은 아직 기적에 가깝다.
더구나 그는 영화 〈포레스트 검프〉
(감독 로버트 저메키스)에서 IQ 70에 불
과한 검프(톰 행크스)처럼 현대사의 주
요 현장에 어김없이 끼어들었고 히

틀러, 스탈린, 프랑코 같은 독재자들은 물론 철학자 오펜하이머와 트루먼
대통령, 마오쩌뚱에 심지어 북한의 김정일까지 거침없이 만났다. 그리고
그들의 나라에서 이중스파이 짓까지 했다. 그러고도 죽지 않고 병들지 않
고 건강 100세를 맞이했다.

지루하지 않은 노인 이야기로 만들기

이런 황당한 설정은 소설이나 영
화에서나 가능하다. 1,000만 관객,
그중에서도 노년들을 울린 윤제균
감독의 영화 〈국제시장〉의 덕수도
마찬가지다. 정말 기적의 연속이 아
니고는 중요한 모든 역사의 현장에
있는 인간은 없다. 〈국제시장〉이 덕
수를 이렇게 만든 이유는 비록 부분
일망정 그곳에 있었던 사람들에게
추억을 통해 역사와 삶을 다시 떠올
리게 만들기 위해서다. 소설 『창문 넘어 도망친 100세 노인』도 마찬가지
일 것이다. 이런 황당하고, 말도 안 되는 설정마저 없었다면 노인이 주인
공인 이 소설이 얼마나 지루할 것이며, 일기장이 아닌 이상 무슨 이야기
로 그 많은 분량(500쪽)을 채울 것인가.

마음대로 상상할 수 있는 소설이니 백 번 양보해 초등학교 중퇴에, 어

릴 때부터 다이너마이트를 가지고 장난치다 정신병원에 잡혀가 거세까지
당한 알란이 억세게 운이 좋아 유럽, 아메리카, 아시아를 돌면서 포레스
트 검프처럼 현대사를 바꾼 세계 지도자들을 직접 만났다고 치자. 또 그
들과 중요한 사건현장에서 때론 우스꽝스럽게, 때론 진지하게 역사를 만
들었다고 치자. 그것이 말도 안된다고 비웃을 일만은 아니다.

자신의 의지와 상관없이 역사의 한복판에 뛰어들거나, 역사의 소용돌
이에 휘말려드는 이름없는 존재들을 우리는 수없이 보지 않았던가. 역사
와 인간의 관계란 그런 것이기도 하다. 그렇게 인정하더라도 지루함은 남
는다. 당사자는 흥미진진하고, 자기 인생에서 의미가 클지 몰라도 우리에
게는 한 노인의 "내가 젊었을 때"로 시작하는 먼나라의 옛날이야기일 뿐
이다. 만약 알란이 양로원의 안락의자에 앉아서 느리고 졸린 목소리로 그
100년을 떠듬떠듬 이야기했다면, 누구도 귀 기울이지 않았을 것이다. 물
론 그의 이야기가 영화로 세상에 나오는 일도 없었을 것이다.

언론인 출신으로 독자들의 이런 심리를 잘 아는 요나스 요한손은 기지
를 발휘했다. '사건'을 만들고, 그 사건으로 인물에 대한 관심을 집중시
켰다. 알란이 100세 생일을 맞이한 날, 양로원 창문을 넘어 도망치도록
만들어 그의 행적까지 함께 궁금해 하고 추적하게 만든 것이다. 게다가
한국 돈으로 70억원이 넘는 5천만 스웨덴 크로나(Krona, 스웨덴 화폐 단위)가
든 조직폭력배의 트렁크까지 그의 손에 쥐어주었다. 이러니 아무리 100
세 노인의 이야기라 하더라도 구미가 당기지 않을 수 없다. 그 사이사이
에 알란의 동키호테 같은 과거의 활약상을 집어넣었으니 사건의 궁금증
을 풀기 위해서라도 그것을 듣지 않고 넘어갈 수가 없다.

　물론 허풍이 허풍인 만큼, 등장인물의 역사적 위치가 위치인 만큼 규모와 스릴은 과거가 훨씬 크지만, 알란의 이야기는 현재가 100배는 더 재미있다. 인물부터가 개성이 넘치고, 상식을 뒤엎고, 생동감이 넘친다. 창문 넘어 양로원을 도망치다 우연히 돈 가방을 손에 쥐게 된 알란과 그것을 되찾으려는 덜 떨어진 갱, 잠적한 알란이 납치됐다고 오인하는 검사, 그리고 본의 아니게 현금 강탈자가 되어 쫓기면서 알란이 만난 좀도둑 율리우스, 민년학생 베니와 그와 약혼까지 하게 되는 코끼리를 키우는 여자 구닐라, 그들을 보호해준 식품도매업자 베니와 그의 형 보세, 심지어 그들을 쫓던 갱단 두목 예르딘과 그들을 찾으러 다니는 수사관 아론손까지. 이들 모두 기막힌 우연과 동화(同化)로 100세 노인의 유쾌한 '현재'를 완성시켜준다.

단순 변형과 축약으로 '우연'과 '자유'를 잃은 영화

　알란은 100세 노인이니 폭력을 쓸 수도, 재빨리 일을 처리할 수도 없다. 그럼에도 불구하고 과거 역사현장에서의 활약처럼 지금도 기막힌 우연에 의해 모든 것이 자연스럽게 술술 풀려나간다. 코앞에 닥친 갱과 경찰의 추격과 위협도 상황코미디처럼 멋지게 따돌린다. 심지어 불가피한 살인도 아무런 의도 없이 일상 속에서 유머러스하게, 때론 우연히 이뤄지고, 결과도 행운의 여신이 따라다니기라도 하듯 그에게 유리하게 끝이 난다.

　약속이라도 한 듯, 모든 것이 그렇게 되는 데는 '세상만사는 그 자체일 뿐이고, 앞으로도 무슨 일이 일어나든 그 자체일 뿐'이라는 어머니의 가르침이 작용한 까닭이다. 어쩌면 적어도 타당한 이유 없이는 절대로 불평하지 않는다는 것, 모든 것을 낙천적으로 받아들이는 자세가 알란의 최고의 무기이자, 황당해 보이는 이 소설이 우리에게 말하고자 하는 인생철학인지도 모른다.

그래서 알란은 돈을 혼자 차지하기 위해 발버둥치지도, 사람들에게 가방에 돈이 5천만 크로나가 있다는 사실을 숨기지도 않는다. 그것으로 어떤 일이 벌어져도 그냥 흘러가는 대로 맡긴다. 세상 사람들 모두가, 심지어 어머니까지도 자신을 향해 소리 지르지만 그는 단 한번 아끼는 고양이를 여우가 물어 죽였을 때를 빼고는 언성을 높이거나 화를 낸 적이 없다. 그 이유를 알란은 이렇게 말한다. "생각하면 생각할수록 만사는 그 자체로 놔둬야 하지. 왜냐하면 만사는 자신이 원하는 대로 흘러가는 것이니까. 거의 항상 그래"

그의 말은 성서의 한 구절인 '바람은 불고 싶은 데로 분다. 너는 그 소리를 들어도 어디에서 와 어디로 가는지 알지 못 한다 (요한복음)'를 떠올리게 한다. 이런 자세야말로 100세를 산 노인만이 터득할 수 있는 지혜라고 작가 요나손은 말하고 싶은 것이다. 알란이 말도 안 되는 우연으로 파란만장한 역사의 현장을 누비면서 죽을 고비를 넘기고 살아남을 수 있는 최고의 전략이라고 말하고 싶은 것이다. 60세가 되면 이순(耳順)만이 아니라, 생각과 눈과 말과 행동까지 순(順)하는 것이 건강하게 100세까지 사는 길이라고 말하고 싶은 것이다. 그렇게 하면 알란처럼 남의 돈을 가로챈 것도, 그 돈을 도망친 길에서 만난 사람들과 공평히 나누는 것도, 심지어 돈의 주인인 갱단 두목까지 발리 섬으로 그들을 찾아와서는 아무렇지도 않게 그들과 함께 지내는 행복한 미래도 자연스럽게 찾아온다.

아무리 스웨덴판 〈포레스트 검프〉라고 하지만 미국이 원자폭탄을 만드는데 알란이 결정적 역할까지 했다는 과거는 정말 황당함, 그 자체이다. 그러나 그런 것들은 지나간 현대사를 잠깐 패러디한 것이라고 치부하고 넘어가버리면 그만이다. 이 소설의 재미는 그 황당한 '과거'를 끄집어내도록 만드는 풍자와 해학, 아이러니와 우연, 스릴과 감동을 짜임새 있게 엮은 '현재'에 있으니까.

이런 작품이 영화로 만들어질 때의 모습은 어느 정도 예상이 가능하다. 검프처럼 컴퓨터그래픽 합성으로 알란을 역사 현장과 주요 인물들에게 보내고 다분히 찰리 채플린 같은 분위기를 연출하고는, 다시 현실로 돌아오고. 여기에 영화 〈창문 넘어 도망친 100세 노인〉(감독 플렉스 할그렌)은 로버트 구스타프손(알란 역), 이와 위클란더(율리우스 역) 등 그럴듯한 배우들까지 골랐고, 과거의 큼직한 역사 현장을 위해 제법 돈을 들였다.

그럼에도 불구하고 영화는 원작을 제대로 따라가지 못했다. 파란만장한 100년을 단 100분으로 축약하는 것이 쉽지 않았겠지만, 소설의 매력인 '현재'까지 압축이 아니라 잘라내고, 영화란 장르적 습성과 편의를 위해 단순 변형했다. 그 결과로 알란의 '자연스러운 우연'과 '자유'를 잃게 만든 것은 엄청난 실수이다. 마치 양로원의 알리스 원장이 100세 노인에게 온갖 규정을 지키라고 해 알란의 삶의 즐거움을 앗아간 것과 비슷하다. 알란이 이 영화를 보았다면, 그 역시 '자유'를 위해 다시 한번 '스크린 밖으로 도망치는 100세 노인'이 되었을 것이 분명하다.

"

소중한 순간이 오면 따지지 말고 누릴 것,
우리에게 내일이 있으리란 보장은 없으니까.

"

66

여자를 증오한 남자들

"

영화가 도저히 할 수 없는 것들

소설 『밀레니엄』시리즈를 읽은 독자라면, 안타까움에 탄식할 것이다. 작가인 스티그 라르손의 돌연한 죽음을. '엄청나다'고 밖에는 표현할 길이 없는 그의 소설을 더 이상 읽지 못하게 됐으니 말이다. 『밀레니엄』은 스웨덴 언론인으로 잡지 『엑스포』의 편집장이었던 라르손이 10부작으로 구상한 시리즈로 규모도 규모지만, 그의 생애 첫 장편이라는 사실이 우리를 더욱 놀라게 했다. 그러나 21세기 걸작으로 꼽을 수 있는 그의 생애 첫 소설은 3편으로 끝나고 말았다. 3부까지 원고를 완성하고는, 그것이 책으로 나오기 6개월 전인 2004년 어느 날 갑자기 심장마비로 그는 세상을 떠났다.

그렇다고 이 시리즈를 쓰다만 소설, 도중에 멈춘 이야기라고 속단하지 마라. 겨우 영화 한편 보고 나서도 마찬가지다. 불과 30% 밖에 쓰지 못한 이야기지만 결코 그 자체로 미완성이 아니다. 『여자를 증오한 남자들』

(1부), 『불을 가지고 노는 소녀』(2부), 『벌집을 발로 찬 소녀』(3부)가 말해 주듯 각각의 이야기는 무려 800쪽에 달할 만큼 길고 풍부하며, 그 하나 하나가 완결된 소설로 손색이 없다. 그러면서 하나로 이어진다. 같은 인물이 계속 등장해서가 아니라 폭력에 대한 고발과 저항, 응징이란 커다란 흐름이 신경과 의식을 곤두서게 만들고, 중간 중간 심장을 멎게 하는 사건이 일관성과 상호관련성을 가지고 전개되기 때문이다.

3부작으로 도중하차한 것이 너무나 아쉬워, 서둘러 여기저기서 영화로 만들고 싶었는지 모른다. 게다가 사건을 파헤치는 인물이 형사나 경찰, 탐정이 아니다. 모든 것이 극단적으로 상반되는 두 남녀이다. 그런데 결론부터 말하면 영화에서는 스티그 라르손과 견줄만한 감독이 유럽에도, 미국에도 없다는 것이 불행이었다. 겨우 1부(여자를 증오한 남자들)만 나온 것을 보고 섣부르다고? 절대 속단이 아니다. 영화란 한번 틀을 세우고 나면, 자신도 다른 사람도 쉽사리 그것을 허물거나 새롭게 바꾸기 어렵다.

소설 『여자를 증오한 남자들』은 동시에 두 명의 감독이 영화로 만들었다. 한 사람은 덴마크 닐스 아르덴 오플레브 감독이고, 또 한사람은 미국 데이비드 핀처이다. 둘의 영화를 비교하는 것은 의미가 없다. 분위기와 스타일만 조금 다를 뿐, 원작을 새롭게 해석하거나 영화적 장치를 크게 사용해 변화를 시도한 것이 아니기 때문이다. 물론 할리우드에서 만든 데이비드 핀처 영화가 조금 더 요란하고, 현란하다. 그러나 그것 역시 소설을 읽은 독자에게는 큰 차이나 매력이 없다. 소설을 읽지 않았다면, 같은 원작의 이 정도 영화를 군이 두 편이나 보고 비교할 이유도 없다.

영화 〈여자를 증오한 남자들〉은 소설을 읽은 사람들에게는 무성의하고, 읽지 않은 사람들에게는 불친절하다. 소설과 달리 영화는 작품 전체를 끌고 가는 남녀주인공, 잡지 『밀레니엄』의 발행인인 마흔 세 살의 미카엘 블롬크비스트와 20대 젊은 여성 천재해커인 리스베트 살란테르의 존재를 각인시키지 못한다. 미카엘의 정의감과 진실을 파헤치는 집요함의 원천이 무엇인지, 짧은 검은 머리에 문신을 한 작고 마른 리스베트의 대인기피증과 타인에 대한 불신감이 어디서 비롯된 것인지 알 수가 없다. 인물에 대한 이해는 상상의 영역이 아니라 실체적 영역이다. 충분한 설명과 근거를 필요로 한다. 소설에는 경제전문기자로서 미카엘의 삶, 어릴 때 정신병원에 감금되었으며 지금도 법정후견인의 보호를 받아야 하는 보안전문업체의 파트타임 직원 리스베트의 과거가 있다.

엄청난 소설, 무성의한 영화

그러나 영화에는 없다. 그냥 "지금부터 마이클과 리스베트는 이런 사람이라고 전제합시다, 그렇게 알고 따라 오십시오"이다.

이런 것까지도 영화는 소설만큼 한가롭지 않아서라고 변명할 텐가. 그 불성실과 불친절까지 관객들에게 추리대상으로 삼으라고 해서는 안 된

다. 인물과 스토리의 공감과 감정이
입을 위해서라도 필요하다. 아무리
유럽에서 소설이 베스트셀러가 됐지
만 10년도 안 된 미카엘, 리스베트
를 100년이 넘은 명탐정 셜록 홈스
만큼 잘 알 것이라는 생각은 억지다.

  스티그 라르손이 이 시리즈를 통
해 21세기형 명탐정 콤비의 탄생을
꿈꾼 것은 사실이다. 단지 명석한 두
뇌로 추리하고, 날카로운 눈으로 사
태를 파악하는 과거 탐정이 아닌 그
야말로 철저한 자료와 정보를 바탕
으로 진실을 찾는 기자, 어떤 보안장
치도 무용지물로 만들고 온갖 정보
를 빼오는 신세대 해커를 파트너로
맺어주었다. 둘은 친구도 연인도 아
니다. 그러면서 친구이고, 연인이다.
우연히 임시 고용주와 조사보조원으
로 만나 몇 차례 육체적 관계를 나누
긴 하지만 그렇다고 늘 붙어 다니지
않는다. 집착도 없다. 그냥 헤어지고, 사건을 통해 다시 만나고, 위험에
빠지면 서로의 생명을 구해주는 관계이다.

둘은 스웨덴 거대재벌인 방예르 그룹 집안의 사라진 상속녀를 찾는다. 3부작까지 소설을 읽은 독자라면 1부 『여자를 증오한 남자들』은 과감히 버리고, 2, 3부인 『불을 가지고 노는 소녀』와 『벌집을 발로 찬 소녀』를 영화로 만들면 좋았을 것이란 생각을 하리라. 소설이 고집스럽게 집착하는 여성에 대한 폭력이란 주제의식도 뛰어나고, 리스베트 자신과 가족에 대한 사건이 중심이어서 극적 긴장과 흥미가 높고, 구성도 치밀하기 때문이다. 더구나 2, 3부는 서로 독립적이면서 이어지는 형식이어서 주인공은 물론 이야기의 연속성에서도 시리즈로 손색이 없어 보인다.

그러나 불행히도 영화는 1부부터 시작했다. 소설 순서에 대한 예의이든, 방심이나 욕심에서 비롯된 것이든 실수이다. 결과가 기대 이하여서가 아니다. 사실 1부 『여자를 증오한 남자들』은 소설 자체로도 매력이 적다. 물론 나치의 숭배자들인 방예르 가문 남자들이 과거에 저지른 충격적이고 끔찍한 살인을 고발하는 의미는 있을지 모르나, 40년 전 상속녀 실종사건과 필연적 연관성을 갖지 못하는 결함이 있다. 소설적인 트릭이라고 하기에는 지나치고, 인간적인 성향이나 행동의 동기로만 제시하기에는 사건이 너무 크고 강하다. 그래서 결국 선택한 것이 정신병자(마르틴 방예르)의 광기이다. 설득력이 약하다. 작가가 바란 21세기 새로운 명탐정 콤비를 독자들에게 제대로 각인시키지도 못했다.

그에 비하면 2, 3부는 같은 주제를 다루면서도 인물과 사건이 치밀하고, 이야기도 흥미진진하다. 무엇보다 독자들이 가장 먼저 알고 싶은 리스베트의 정체성을 분명히 확인시켜 준다. 라르손의 죽음으로 이제 매력적이고, 가슴 저린 리스베트의 활약을 더 이상 소설에서 만날 수 없다는 것이 안타깝다. 그나마 2, 3부를 먼저 영화로 만드는 역순을 선택했더라면, 그를 눈여겨 볼 겨를도 없이 허겁지겁 사건에 매달리지 않아도 됐을 것이다. 사건 역시 쓸데없는 곁가지들은 잘라버리고 방예르 가문의 실종에만 집중할 수 있었을 것이다. 데이비드 핀처 감독도 나름대로 전략을 세우기는 했다. 그로테스크한 등장인물과 분위기로 리스베트의 존재와 사건의 당위성을 강조하려 했다. 그러나 논리적이고 현실적인 분위기의 마카엘과의 조화보다는 충돌로 영화의 느낌만 어색하게 만들고 말았다.

언젠가는 2, 3부도 영화로 만들어질 것이지만, 실망을 줄까 걱정이 된다. 1부처럼 또 얼마나 리스베트에게 불친절하고, 시간제약을 핑계로 얼마나 눈감고 무작정 건너뛰어 한치 빈틈없는 원작의 추리를 성기게 할까. 애초 이 시리즈를 영화로 만들려는 자체가 욕심인지 모른다. 형식이나 소재가 부적합하기 때문이 아니다.

영화로는 정말 시간이 부족하다. 소설 『여자를 증오한 남자들』에서 보듯 하나의 사건조차 영화 한 편에 제대로 담기가 넘칠 정도로 방대하고 풍성하다. 그러니 영화보다는 차라리 천천히, 어설픈 기교나 변형 없이 소설의 작은 부분까지 하나도 빠뜨리지 않고 따라가는 연속 드라마가 훨씬 좋지 않을까. 그 선택이 미완성 추리명작으로 남은 『밀레니엄』 시리즈와 2004년 어느 날 50세로 세상을 떠난 스티그 라르손에 대한 존경과 찬사가 아닐까.

66

사람들은 왜 본능을 믿지 않지?
미심쩍은데 왜 들어온거야? 내가 끌고 들어온 것도 아니잖아?

99

케빈에 대하여

,,

누구도 할 수 없는, 그래도 꼭 해야 하는 이야기

소설도, 영화도 힘들다. 아무도 할 수 없는, 그러나 꼭해야 하는 이야기. 미국 소시오패스 청소년 '케빈'에 대하여이다. 미국 여류작가 라이오넬 슈라이버는 엄청날 만큼 솔직하고, 혹독하고, 지적인 어머니의 방대한 독백으로 그의 이야기를 했다. 모두가 두렵고 피하고 싶지만, 원래 소설의 제목처럼 '우리는 케빈에 대해 이야기를 할 필요가 있다'고 생각했기 때문에.

어머니로서도 무서운, 쉽사리 꺼내기 힘든, 고통스러운 이야기다. 세상은 말한다. "무슨 낯으로 감히 당신이 이런 이야기를 할 수 있느냐"고.

세상은 그녀에게 참회도, 변명도 바라지 않는다. 어떤 이유를 말하든 당신 자식은 용서할 수 없다. 세상 누구의 이해나 공감도 바라지 마라. 그럼에도 불구하고 희대의 살인마 케빈의 어머니 에바 캇차두리안은 이야기를 시작한다. 그녀 역시 안다. 누구도 자신의 이야기에 선뜻 귀 기울여

듣고 싶어 하지 않겠지만, 그래도 해야하고 들어야 한다는 사실을. 미국
의 한 지역신문인 디 오레고니언이 이 소설에 대해 "우리는 부모를 선택
할 권리가 없고, 또 자식을 선택할 권리도 없다. 하지만 다행스럽게도 이
책을 선택할 수는 있다"고 말한 것처럼.

우선 '끔찍한' 사건부터 알아보자. 1999년 4월 8일, 미국 뉴욕의 글래
드스톤 고교에서 살인참사가 일어난다. 물론 가상이다. 그러나 그 해 4월
20일에 실제로 콜로라도 주 제퍼슨 카운티의 컬럼바인 고등학교에서 13
명의 목숨을 앗아간 총기난사사건, 공교롭게도 같은 주에 있는 오로라의
한 멀티플렉스에서 2012년 7월, 영화 〈배트맨〉의 조커를 흉내 낸 젊은이
가 저지른 끔찍한 무차별 총기살인사건과 그 해 12월 코네티컷 주 뉴타운
의 샌디훅 초등학교에서 총기난사로 아동 20명과 교직원 60명이 사망한
사건을 떠올리면 상상만은 아니다.

무차별 총기난사. 무기소지가 합법적인 미국이 안고 있는 어둡고 깊은
병이자 공포이다. 심심하면 터져 미국사회를 충격에 빠뜨린다. 2015년
10월에는 오리건 주 소도시 로즈버그의 엄프콰 칼리지에서 20대 남성이
교실에 총기를 난사해 10명이 죽었다. 그리고 두 달도 안 돼 LA 동부 샌
버나디노 시의 발달장애인 복지 · 재활시설에 무장괴한들이 총기를 난사
해 14명이 목숨을 잃는 참극이 벌어졌다. 2016년 6월에는 플로리다 주의
올랜도 나이트클럽에서 총격과 인질극이 발생해 50명이 숨졌다.

그럴 때마다 미국은 물론 세계가 경악한다. 미국 국민들은 참담한 심
정으로 조기를 게양하고, 언론은 갈수록 범죄 연령이 낮아지는 추세와 무
기소지 합법화를 비판한다. 사람들은 평소 온갖 기행을 들먹이며 범인을

'사이코', '타고난 악의 화신', 아니면 '이상한 것에 미친 인간' 등 개인적인 문제로 단정해버린다. 그리고는 잊어버린다. 마치 하루라도 빨리 기억에서 지워버리는 것이 최선의 치유이고, 선택인 것처럼. 그게 편하고, 사회적 공동 책임으로부터도 벗어 날 수 있기 때문이다. 콜럼바인 사건을 소재로 총기문제를 정면으로 비판한 마이클 무어 감독의 2003년 다큐멘터리 〈볼링 포 콜럼바인〉이 오히려 '불편한 진실' 이기에 애써 외면하려 한다.

소설은 이기적 엄마의 고백에 대한 '정밀화'

소설 『케빈에 대하여』 역시 마찬가지다. 가상이지만 급우와 선생님 등 모두 아홉 명을, 그것도 치밀하고 냉혹한 사전 계획으로 그들을 체육관에 가둬놓고, 활을 쏘아 잔인하게 죽인 열여섯 살 케빈에 대해 사람들은 언론과 경찰이 말한 것 이상은 아무 것도 알고 싶어 하지 않는다. 그냥 인간 쓰레기이고, 정신적으로 뒤틀린 악마가 지나갔다고 생각하고 싶다. 그의 범죄가 비디오나 록음악, 영화 때문이라는 경찰과 미디어의 단정도 어설프고 상투적이고 표피적이지만 믿어주자. 그래야 '사회' 가 죄를 면하고,

내가 죄의식을 가지지 않아도 되니까.

영화관 총기난사건의 범인인 스물네 살의 청년 제임스 홈즈를 두고도 범죄 이유를 그가 배트맨에 열광적이라는 것 하나로 단정했다. 그러나 천만에. 케빈의 집에 새로 이사 온 로렌스의 어머니 말이 맞다.

"로렌스만 봐도 그래요. 우리 아들도 유혈 폭력물을 엄청 좋아하고, 생생한 묘사에 꿈쩍도 하지 않지만, 자기가 기르던 고양이가 차에 치이기라도 한다면? 일주일 내내 울 거예요. 다들 그 차이를 안다고요."

그래서 더 궁금하다. 그 차이조차 모르게 아들을 낳고 키운 케빈의 엄마가 도대체 어떤 여자인지, 아이에게 무슨 짓을 했는지. 그렇다고 직접 만나서 듣고 싶지는 않다. 에바 캇차두리안도 같은 심정이다. 그러나 범죄자의 엄마로서 어떤 방식으로든 진실을 알리고 싶고, 이야기 해주고 싶다. 도대체 내 아이가 왜 이런 일을 저질렀는지, 그 악마성은 어디에서 비롯된 것인지, 그 동안 가족에게 어떤 일이 있었는지, 지금 자신의 심정이 어떤지. 변명도, 사죄도 아니다. 누구도 그것은 원하지 않지만 어쨌든 엄마이기 때문이다.

소설에서 에바 캇차두리안은 사건이 일어난 7개월 후, 아들이 감옥에 있는 5개월 동안 편지를 썼다. 28통으로 총 600페이지에 달하는 분량이다. 수신인은 남편이자 아이의 아버지인 프랭클린이다. 그나마 자기 얘기를 들어줄 유일한 사람이다. 그러나 프랭클린 역시 편지를 읽지 못한다. 케빈의 활에 어린 딸과 함께 죽어, 학교에서 벌어진 참혹한 살인광란도 알지 못했다. 그래서 오히려 에바 캇차두리안은 남편에게 과거와 지금을 빠짐없이 이야기 해주고, 때론 그것을 모르고 있는 남편을 비난도 한다.

편지는 그녀의 고백서이자 일기장이며, 인생의 전부이자 소설의 전부인 셈이다. 과거와 현재를 교차하면서 써내려간 편지에 담긴 케빈의 성장기와 그 시간 속을 지나온 에바 캇차두리안의 삶의 기록인 『케빈에 대하여』는 그래서 더 꺼림칙하고 잔인하면서도 애잔하다. 가족을 잃은, 끔찍한 살인을 저지른 아들을 둔 엄마의 상실감이나 슬픔, 죄의식과 수치스러움 때문이 아니다. 그보다는 가장 원초적이고 운명적인 인간관계인 어머니와 아들의 갈등을 그녀의 고백이 냉정하고 솔직하고 섬세하게 통찰하고 있기 때문이다. 그녀의 고백에는 사회에 대한 원망이 없다. 오직 케빈의 범죄만큼이나 끔찍한 자신과 아들의 관계, 그로 인해 잉태된 서로에 대한 상처와 비극이 가시처럼 박혀있을 뿐이다. 그것으로 그녀는 아들을 이해하고, 그의 범죄를 이해하고, 자신의 삶을 이해하려 했다.

엄마도 아이도 시작부터 '상처'다. 에바 캇차두리안는 원하지 않은 임신을 했고, 원하지 않은 아이를 그것도 서른일곱 살에 낳았다. 아이는 사랑이 아니었다. 여행가로서 자유로운 삶을 원했던 그녀에게는 반대로 장애물이었다. 모성은 천부적인 것이라고 하지만 그녀에게 본능이 아니라, 어쩔 수 없는 '상황'일 뿐이었다. 둘 사이의 단절과 적대감은 의학적인 지식도, 과학적 근거도 없지만 아이가 처음 뱃속에서 생명을 얻었을 때부터 시작됐다. 그렇게 태어난 아이는 어릴 때부터 '엄마'라고 말하기를 거부했고, 자폐 증세를 가장했고, 자라서는 심지어 목욕탕에서 문을 열고 엄마가 보란 듯이 자위행위를 하는 등 온갖 영악한 행동으로 엄마를 공포와 고통으로 몰아넣었다.

단절과 적대감에 대한 복수였다. 그런 케빈에게 에바 캇차두리안은 방

법은 다르지만 똑같은 적대감을 드러내면서도, 한편으로 '상황'의 엄마
로서 의무를 다하려는 모습을 보여주려 했다. 그녀의 그런 의식적인 행동
을 케빈이 모를 리 없다. 엄마의 위선. 실제로 그녀는 단 한 번도 진정으
로 가슴을 열고 아들을 받아들인 적이 없다고 고백했다. 물론 그녀는 아
들의 모든 행동도 자연스러움을 가장한 학습된 것이라고 판단한다. 심지
어, 자신이 보는 앞에서 표현하는 아빠에 대한 친밀감조차도.

영화는 살인마 엄마의 상처에 대한 '상징화'

우리는 케빈의 이런 행동들이 엄마와의 진정한 모자관계를 갈구하는
반작용이라고 말할 수 있다. 그게 심리학이고 상식이니까. 그러나 적어도
에바 캇차두리안이 숨김없이 열거하는 사례들을 보면 그게 아니라 복수
심이다. 케빈의 복수는 아이들이 흔히 하는 자학이 아니라, 그녀가 소중
히 하는 것들을 하나하나 망가뜨리는 가학이다. 벽에 붙여놓은 그녀의 지
도에 물감을 뿌리고, 컴퓨터 바이러스로 엄마의 노트북에 있는 자료들을
모두 날려버리고, 어린 여동생 셀리아의 한쪽 눈을 잃게 만들고. 그 끝은
참혹한 가족 살해와 학교에서의 대량학살, 그리고 태연히 감옥에 가는 것
이다.

케빈이 자신의 이런 행동에 대해 스스로 정의한 '악행(maleficence)'은
어떤 심리에서 비롯된 것일까. 가장 큰 증오의 대상이자 공격의 최종 목
표인 엄마에게는 왜 그 악행을 끝내 저지르지 않았을까. 케빈이 감옥에
들어간 지 2년이 지나 성인이 되기 사흘 전, 안타까움이나 사랑에서가 아

닌 습관적으로 '그냥 가는' 마
지막 면회에서 마침내 에바 캇
차두리안은 그 이유를 듣는다.
"어째서 난 죽이지 않은 거
지?", "진짜 공연에서는 관객
한테 활을 쏘지 않으니까"

죽이지 않음으로써 다른 죽
음을 모두 봐야하는 죽음보다 더 큰 복수. 에바에게는 마지막 하나 더 확
인하고 싶은 것이 있었다. 그 동안 한 번도 묻지 않았지만 경찰, 검사, 피
해자 가족, 기자, 치료사, 어쩌면 다른 재소자들까지도 케빈에게 했던 질
문, "왜 그랬지?". 에바가 듣고 싶다고 생각한 대답은 『타임』지에 등장하
는 '소외'나, 카운슬러가 입에 달고 다니는 '애착장애'였다. 그것이야말
로 케빈이 엄마를 조롱하며 세상의 비난을 빠져나갈 수 있는 가장 '인간
적'이고 '영악한' 길이니까.

그러나 케빈은 엄마의 그런 마지막 소망까지도 여지없이 뭉개버린다.
"난 내가 알고 있다고 생각했어. 그런데 이젠 나도 모르겠어". 이 말을 듣
고 에바 캇차두리안은 놀란다. 너무나 완벽하고, 솔직한 대답이어서. 케
빈에게 그 뒤틀림의 해체야말로 진전이며, 스스로 자신의 마음조차 알지
못한다는 사실을 깨달음으로써 이제 케빈은 자신의 깊은 곳을 겨우 파헤
치기 시작한 것이다. 그 순간 에바 캇차두리안은 엄마로서 지금까지 잘못
된 질문으로 면죄와 격렬한 비난 사이에서 몸부림치는 것에서 벗어난다.
그날의 참사가 자신의 잘못인지 아닌지에 대한 그동안의 잘못되고 성마

른 질문들이 피곤한 일이었음을 깨닫는다.

이제 그녀의 질문은 끝났다. 진실은 그녀가 자신을 무죄로 판결하든, 유죄로 판결하든 아무 차이가 없다. 아들과의 길고 고통스러운 여행과도 같은 '케빈에 대한 고백'을 마무리하면서 에바 캇차두리안이 안 것은 이게 전부다.

'1983년 4월 11일, 아들이 태어났고, 아무 느낌이 없었다. 그 아이가 가슴 위에서 몸부림쳤을 때, 자신의 젖이 싫다고 몸을 웅크렸을 때, 그에 대한 반응으로 그 애를 퇴짜 놓아버렸다. 그 땐 그게 정당하다고 느껴졌다. 그리고 그 순간부터 엄마와 아들은 수그러들 줄 모르는, 존경스러울 정도의 흉포함으로 서로 싸웠다.'

그녀의 말처럼 적대감을 극도로 밀어부쳐 상대의 헌신을 구하는 것, 상대를 밀쳐서 그 사람을 가까이 오게 하는 것은 분명 가능한 일일지도 모른다. 에바 캇차두리안 자신이 그렇게 18년을 살았기에 너무 지치고, 혼란스럽고, 외로운 나머지 계속 싸울 수 없다고 선언했다. 절망 때문인지, 게으름 때문인지 모르겠지만 이제 아들을 사랑하게 됐으니까. 그렇다. 누구도 부모를 선택할 권리가 없고, 자식을 선택할 권리도 없다. 운명이고, 진실이다. 그 운명과 진실을 거부할 때, 인간은 악을 만나고 선택한다.

라이오넬 슈라이버의 소설이 정밀화라면, 린 램지 감독의 영화 〈케빈에 대하여〉는 상징화이다. 소설이 편지의 고백과 대화로 꼼꼼하게 기록한 에바의 가족사를 영화는 영상과 색채(붉은 색 페인트, 토마토)와 소리, 등장인물들의 이미지와 분위기로 압축하고, 강조했다. 각자 나름대로 최선의 선택이다. 때론 그것이 28통이나 되는 타인의 긴 편지를 훔쳐 읽는 지루함의 고통을 주고, 미처 가슴을 열 사이도 없이 배우들 감정에 짓눌려 예리한 심리포착에도 불구하고 왠지 낯선 느낌을 줄지라도.

어차피 영화 〈케빈에 대하여〉는 아무리 가족이란 가장 소중하고 진실한 관계와 틀에 가둔다 하더라도 선뜻 다가가기에는 위험하고 끔찍한 이야기니까. 누군가는 꼭 한번쯤 이렇게 솔직하게 말해야 하지만, 우리가 '선택'하지 않으면 굳이 듣지 않아도 되는 이야기이니까. 다만, 그것이 케빈과 에바 캇차두리안의 이야기일 뿐이라고 자신할 수 있는 사람은 아무도 없다.

더 로드

,,

영화를 위한 소설은 없다

"우리는 지금도 좋은 사람들인가요?"

"그래, 우린 지금도 좋은 사람들이야"

"그리고 앞으로도요?"

"그래, 앞으로도"

소년은 확인하고 싶었다. '좋은 사람'은 어떤 일이 있어도 아버지와 자신이 살아남아야 할 이유이기 때문이다. 소년(아들)을 위협한 남자를 총으로 쏴 죽인 아버지는 자신들 말고는 모두 '나쁜 사람들'이라고 했다. 아버지의 목적은 오직 하나다. 그 나쁜 사람들로부터 아들을 지키는 일이다. "하느님이 나한테 시킨 일이야. 너한테 손대는 사람이 있으면 누구든 죽일 거야."

소설 『더 로드』에서 '그날 이후'는 인간 세상이 아니다. 이유를 알 수 없는 재앙이 지구를 온통 잿빛으로 만들어 문명은 고사하고, 식량과 물조

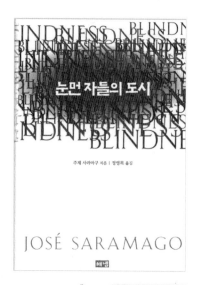

차 바닥이 났다. 자연의 재앙은 필연적으로 인간들의 재앙을 불러일으켰다. 인간이기를 포기하도록 만들었다. 최소한의 인간 경계마저 무너졌다. 오로지 생존을 위해 굶주린 인간들은 야수가 되었다. 한 톨의 식량, 한 모금의 물을 뺏으려, 빼앗기지 않으려 가차 없이 살인을 저지르고, 사람까지 잡아먹는다. 포르투갈의 노벨상 수상작가인 주제 사라마구의 『눈먼 자들의 도시』에서처럼 세상은 지옥이 됐다. 지옥이란 죽은 자들의 세상이 아니다. 이렇게 살아남은 자들의 세상이다.

기적이나 구원이 없다면, 인간은 끝내 인간으로 돌아오지 못할 것이다. 서로 잡아먹다가 마지막에 한 사람이 남고, 더 이상 배를 채울 다른 인간(식량)이 떨어져 그마저 죽으면, 인류는 세상에서 완전히 사라질 것이다. 미국 현대문학을 대표한다는 코맥 매카시가 생각하는 세상은 과거든, 현재든, 미래든 이처럼 긴 터널 속에 멈춰버린 것처럼 캄캄하고 무섭고 절망적이다. 어둠 속을 더듬고, 넘어지면서 앞으로 나아가는 일은 그것을 확인하는 과정일 뿐이다. 살아남은 자들은 죽음보다 더 비통한 패배를 맛봐야 하고, 오직 '생존'을 위해 손과 입에 인간의 피를 바른다. 저자 코맥 매카시의 소설 『핏빛 자오선』에서도, 『노인을 위한 나라는 없다』에서도 그랬다.

한줄기 구원의 빛조차 없는 소설

소설 『더 로드』의 세상은 더 끔찍하다. 암흑 너머로 눈에 띄지 않고 움직이는 침침한 해의 자취, 반쯤 산 제물이 돼 옷에서 연기를 피우며 새벽에 길거리에 앉아있는 사람들, 길을 따라 말뚝에 박혀 죽은 자들. 색깔을 지우고, 시간을 지우고, 인간의 이름을 지우고, 관계와 만남을 지우고, 인간성을 지운 세상이다. 아버지도, 소년도, 길에서 만난 노인도, 굶주린 폭도도, 갓난아기를 빼앗기고 정신이 나간 여자도 모두 이름이 없다. 색깔은 남자의 과거의 기억, 꿈속에서나 존재할 뿐이다. 길에서 만난 노인은 "신도 없다"고까지 했다. 인간이 살 수 없는 곳에서는 신도 살 수 없다. 그래서 살아남았으나 살아있는 것이 아니다. 노인의 말대로 "마침내 모두가 사라지면 여기에는 죽음 말고는 아무것도 없을 것이고, 그 죽음마저도 얼마 가지 못할 것"이다.

구원의 빛은 어디에도 보이지 않는다. 그럼에도 불구하고 한 명이라도 살아있다면 그는 끔찍하고 고통스럽지만 구원의 빛을 찾아 신과 함께 길을 떠돌 수밖에 없다. 소명이라고 착각해도 어쩔 수 없다. 이런 세상에서 그것 말고 인간이 할 수 있는 일이 무엇이란 말인가. 아버지는 소년에게 "우리는 불을 운반하는 사람"이라고 말한다. 인간이 살아갈 수 있는 힘인 불을 훔쳐 준 프로메테우스 같은 존재이기에 '좋은 사람'이고, 반드시 살아남아야 한다는 것이다. 물론 아버지와 소년은 좋은 사람이다. 소년은 고통과 공포 속에서도 인간 본래의 순수성과 타인에 대한 연민을 잃지 않았다. 아버지 역시 아들을 위해서는 누구든 죽이지만, 아들이 원하면 낯선 노인에게 음식을 나눠주고 도둑을 용서할 정도의 인간성은 가지고 있다. 짐승이 된 인간들이라고 모두 '나쁜 사람'이라고 감히 장담할 수도 없다.

소설 『더 로드』는 묻는다. 소년의 아버지처럼 그들에게는 절절한 부정(父情)이 없겠는가. 무슨 수를 써서라도 생존해야 할 이유는 없는 것인가. 인간이 살수 없는, 인간이 인간일 수 없는 그래서 결국 모두가 파멸할 수밖에 없는 생지옥에서 인간과 신이 만들어놓은 선악의 구분이 무슨 의미가 있을까.

소설 『더 로드』는 냉혹하다. 어디에도 출구도 만들어놓지 않았다. 남쪽 바닷가에 도착하지만 아버지는 끝내 죽고, 소년 혼자 '또 다른 좋은 사람들'을 만나지만, 그것이 구원이고 그들이 사는 곳이 희망의 땅이라고 자신 있게 말하지 못한다. 그들 역시 잿빛 세상을 끝없이 떠돌아야 하고, 언젠가는 '나쁜 사람들'이 될지 모른다. 소년이 "착한 사람인지 어떻게 아느냐"고 물었을 때 그들은 말한다. "그냥 믿을 수밖에 없다"고. 마지막 희망과 구원조차 연민이나 위안이 결코 되지 못한다. 『핏빛 자오선』이나 『노인을 위한 나라는 없다』의 지난 과거의 냉혹한 확인을 넘어, 미래의 우울한 상상에서조차 매카시는 낙관주의를 단호히 거부한다.

소설 『더 로드』는 퇴로까지 차단해 버렸다. 우리가 사는 세상이 왜 이런 잿빛 재앙으로 뒤덮였는지, 우리가 그런 세상을 맞이하지 않기 위해 어떻게 해야 하는지 가르쳐 주지 않는다. 영화에서조차 "환한 빛이 쏟아지고, 세상은 흔들렸다"고만 말한다. 설사 안다 해도 돌아가기에는 늦었다. 이미 산은 불타고 사람들은 미쳐버렸다. 인간이 가장 두려운 공포의 대상인 된 세상은 아내까지 미치게 만들었다. 그녀는 남편의 만류로 할 수 없이 낳았지만 아이(소년)를 직접 죽여 버리는 것이 낫다고 생각한다. 그것조차 불가능하자 자신이 아이를 먹어야 하는 미친 시간을 피하기 위해 스스로 들판으로 나가 다른 인간의 식량이 된다.

소설에 순종한 영화

보이는 공포보다 보이지 않은 공포, 경험적 공포보다 상상의 공포가 때론 더 암담하고 섬뜩하다. 경험적 공포는 시간적, 공간적으로 얼마든지 피할 수 있고, 또 일과성일 것이라는 자기합리화 때문인지 모른다. 반면 가상의 공포는 실현가능성이 적고 불확실하지만, 그 불확실성 때문에 오히려 더 불안하다. 애드거 앨런 포의 소설처럼 상상의 공포

출처: 네이버

는 시각적 이미지보다는 세밀한 언어적 묘사와 함축적인 대화에서 위력을 발휘한다. 영상은 가상의 공포를 눈으로 "이럴 것"이라고 확인해 줄지는 몰라도, 그 시각적 확인이야말로 환상이란 안도감을 주며 상상과 불안의 날개를 접게 만든다. 비현실을 비현실로 인식하게 만든다. 소설의 빈 공간들은 상상력으로 채워지지만, 영상의 빈 공간은 아무런 의미도 전달하지 못한다. 금이 간 건물 벽처럼 상상과 리얼리티의 부조화만 드러낼 뿐이다. 영화 〈더 로드〉도 그런 운명과 타성을 피해가지 못한다.

존 힐코트의 영화는 소설에 순종했다. 단 한 걸음도 비켜나지 않으려 했으니 '맹종'이라고 해야 옳다. 길을 바꾸는 것은 고사하고 순서를 달리해 걷지도 않았다. 오직 글을 그림으로 바꾸려고만 했다. 심지어 아버지(비고 모텐슨)와 소년(코디 스미스 맥피)의 대사까지도 소설 그대로다. 소설에 갇힌 영화는 자신의 언어를 가지지 못했고, 소설이 가진 상징적인 언어마저 놓쳐버렸다. 단조롭고 지루해 보이는 아버지와 소년의 여정, 그 과정에서 벌어지는 크고 작은 고난과 동요와 불안, 그 사이에 놓인 빈 시간들을 메우는 둘의 대화와 상념이 가지는 묵시론적 메시지, 결코 단순하지 않은 아버지와 아들의 관계와 심리와 정서, 99%의 절망 속에서 그래도 '가슴 속에 불씨를 꺼뜨리지 않고' 1%의 희망을 찾아갈 수밖에 없는 소년의 운명 같은 것들을 표현할 영상언어를 찾지 못했다.

그래서 영화 〈더 로드〉는 단조로운 여정의 반복이지만 순간순간의 긴장이나 감동, 철학적인 통찰이 주는 소설의 깊이와 상상으로까지 걸어가지 못하고 어정쩡하게 순례를 끝내고 말았다. 장소만 별난 '패키지여행' 같은 로드무비가 됐다. 그런 여행은 결국 몇 장의 기념사진으로만 기억 될 뿐, 공포나 불안, 감동이 가슴에 남지 않는다. 소설 『더 로드』는 매카시의 소설이 다 그렇듯 영화로 만들기에 더 없이 좋아 보인다. 미래 인간의 생존과 구원의 문제를 강하고 냉혹한 시선, 현실적 거리로 끌어당긴 묘사로 그냥 따라가기만 하면 한편의 좋은 영화가 될 것 같은 착각을 준다.

치명적 오류는 바로 그 매력과 착각에 있다. 글(소설)이 가진 힘이 강하면 강할수록, 그것을 해체하고 파괴할 영상언어가 필요하다. 소설과 달리 영화는 상상력 자체가 무기가 될 수 없다. 그것을 표현할 장치를 찾아내야 한다. 소설의 힘이 강하다고 그 힘에 의지하면 영화는 언제나 소설의 껍데기, 아류만 될 뿐이다. 원작을 읽지 않은 사람들로 하여금 읽고 싶은 욕구를 심어주기 보다는 이런 작품이라면 더 이상 '읽지 않아도 된다'는 어설픈 면죄부만 줄 뿐이다. 언제까지 소설이 가진 상상력의 자유로운 표현을 따라잡을 수 없는 것이 영화의 숙명이고, 이 소설은 영화로 만들기에는 어렵다고 변명할 텐가. 세상에 영화를 위한 소설은 없다. 앞으로도 영원히.

너의 이름은

언어의 정원

레버넌트

화장

화차

위험한 관계

색, 계

악마는 프라다를 입는다

Part

바꾸기

인기가 있고, 작품성을 평가 받았다고 좋은
영화로 이어지는 것은 아니다. 우리의 현실과
감각, 시대와 정서에 맞춘 뛰어난 재가공과
우리의 사회와의 연결 끈을 가져야 한다.

2

"

너의 이름은 / 언어의 정원

,,

소설과 영화, 바꿔서 꿈꾸기

일본 산골마을 이토모리에 사는 여고생 미츠하가 꿈에서 도쿄의 남학생 타키가 된다. 타키 역시 그 시간, 미츠하가 되는 꿈을 꾼다. 신카이 마코토 감독의 〈너의 이름은〉은 이렇게 꿈에서 몸이 뒤바뀐 둘의 운명과 사랑, 인연과 만남의 이야기이다.

시공간을 초월한 판타지를 일본의 전통적 정서와 현실 위에 올려 10대의 순수와 용기, 사랑과 꿈을 펼친 애니메이션에 중국과 한국까지 흠뻑 빠져들었다. 일본 순정만화나 소설 같은 유치한 정서가 분명 있음에도 불구하고.

아름다운 인연과 사랑을 뛰어난 색채와 빛, 그리고 소리로 아프고, 시리고, 벅차고, 애잔하게 그린 감독의 솜씨가 놀랍기는 하다. 10대, 시간, 거리, 만남, 인연, 순수, 사랑… 마코토 감독을 특징짓는 주제어들이다. 이는 〈너의 이름은〉에 앞서 나온 〈초속 5센티미터〉와 〈언어의 정원〉에

서 이미 증명됐다. 그의 애니메이션은 10대 청소년의 자리에 머문다. 마치 감독 자신이 거기에서 시간을 멈춰 버린 것처럼, 아니면 그 시간에 대한 집착과 애정을 버리지 못한 것처럼.

어쩌면 어느 시절보다 순수하고 강한 그곳에서의 시간과 인연, 사랑이야말로 가장 소중한 기억이자, 삶이라고 믿고 있는지 모른다. 그러나 2007년의 〈초속 5센티미터〉에서는 그 인연은 서로 다른 공간과 시간, 속도로 살아가는 주인공들에 의해 쓸쓸하게 끊어졌다. 7년 후, 〈언어의 정원〉에서도 열여섯 살의 고교생 다카오과 그보다 열두 살이나 많은 여선생 유키노의 사랑 역시 망설이다 애잔하게 떠나갔다.

마코토 감독은 그 운명의 끈이 언젠가는 반드시 이어지리라 믿는다. 세월의 간격이 아무리 크고(언어의 정원), 서로 알 수 없는 시간 속을 걷고 있어도(초속 5센티미터), 다카오의 말처럼 더 멀리 걸을 수 있게 되고, 가슴 속 저 깊은 곳에 그 '기억'을 간직하고 있다면.

〈너의 이름은〉에서는 그 마음이 너무나 간절한 나머지 서로 다른 시간과 공간도 뛰어넘고, 죽음까지도 초월한다. 주인공 타키와 미츠하는 〈초속 5센티미터〉에서 추억으로 넘겨버리는 다카키와 아카리와는 다르다. 〈언어의 정원〉의 다카오처럼 먼 훗날을 기약하지 않는다. 온몸을 다해 달

려가고, 운명처럼 다시 만나고, 한 눈
에 인연의 끈을 기억하면서 서로를 확
인한다.

색채와 빛이 주는 감정의 판타지

〈너의 이름은〉은 비현실적이다. 설
정과 스토리 전개도 새롭지는 않다. 3
년의 시간을 건너 인연으로 연결하는
타임슬립은 〈시월애〉와 흡사하다. 사
랑하는 사람의 생명을 살리기 위해 과거로 돌아가 미래를 바꾸는 이야기
는 프랑스 작가 기욤 뮈소의 소설과 그 소설을 원작으로 한 영화 〈당신,
거기 있어줄래요?〉에서도 봤다.

그럼에도 불구하고 철없는 10대 소년의 순진한 환상과도 같은 마코토
감독의 애니메이션이 독창적이고, 매력적인 이유는 색채와 느낌에 있다.
지극히 일본적이면서도 모두의 마음을 울리는 정서, 빛과 소리의 절묘한
배치, 사진처럼 생생한 공간, 풍경과 인물의 섬세한 묘사, 그것이 가진 상
징과 비유와 은유가 작품을 한 차원 높은 감성으로 이끈다.

때문에 그의 애니메이션은 상상의 판타지가 아니라, 감성의 판타지이
다. 소리 없이 내리는 겨울 산속의 눈, 눈처럼 떨어지는 벚꽃, 등나무가지
에 맺혔다 호수로 떨어지는 물방울의 모습과 소리가 시간과 마음이 되고,
그 시간과 마음속의 수많은 감정들을 불러낸다.

〈언어의 정원〉에서는 오랜 세월 일본인들의 가슴을 애잔하게 적신 일본 고전문학인 만요슈의 한 구절 '우렛소리 희미하고, 구름이 끼고 비라도 내리면, 그대 붙잡으련만' 이 영화를 삶과 세상 속으로 들어오게 한다. 일본 전통공예인 매듭이 〈너의 이름은〉에서는 시간과 공간, 사람과 신, 만남과 운명을 연결하는 끈(무스비)가 된다.

그 상징과 은유로 마코토의 영화는 '인연' 을 찾아 나선다. 그 인연은 매듭처럼 꼬이기도 하고, 때론 엉키기도 하고, 끊어지기도 하고, 다시 이어지기도 한다. 인연을 만드는 시간도 마찬가지다. 때문에 서로가 엇갈려 끝내 다른 길을 가기도 하고, 지금은 서로 떨어진 채 미래를 기약하기도 하고, 꿈속에서 서로 몸이 바뀌면서 잠시 만나기도 한다.

〈너의 이름은〉은 우리 모두는 어딘가에 깃든 소중한 것을 잊지 않기 위해 발버둥 치는 삶을 살아간다고 했다. 그것을 위해 타카는 온 힘을 다해 3년의 시공간을 넘어 혜성이 마을에 충돌해 목숨을 잃은 미츠하를 다시 살려내, 끊어진 인연을 다시 이었다.

영화로 소설쓰기의 놀라움

마코토 감독은 판타지와 현실의 이질적 무대 위에서 10대의 감수성으로, 그것도 애니메이션이란 살아있는 배우가 아닌 그림의 움직임으로 그 인연과 기억을 고집스럽게 표현한다. 이렇게 섬세한 감성을 타고난 감독은 운명적으로 고통스럽다. 그야말로 운명적으로 '바람에 떨리는 작은 잎새' 의 속삭임도 놓치지 않고 들으니까. 더구나 그 감성과 시선이 영화에 머물지 않고, 소설에까지 미친다면.

마코토 감독은 스스로 애니메이션에만 머물지 않고, 소설의 '언어의 정원'에까지 들어갔다. 이 또한 그가 영화에서 찾으려 했던 운명이고, 인연이고, 끈이다. 마치 타카와 미츠하가 몸을 바꾸어 서로를 이해하고, 소통하고, 조금씩 상대를 메워주면서, 마침내 사랑하게 되듯.

그의 영화는 소설이 되기를 꿈꾸었고, 그의 소설은 영화가 되기를 꿈꾸었다. 처음 〈초속 5센티미터〉에서는 영화가 먼저 소설의 꿈을 꾸었지만, 〈너의 이름은〉에 와서는 영화와 소설이 동시에 서로의 꿈을 꾸었다. 그리고 주인공들처럼 꿈속에서 경험한 것들을 서로에게 이야기 하면서 각자의 모습을 완성해 갔다.

소설과 영화가 서로에게 '원작'이 되고, 상대에게 소중한 '영감'을 주는 이런 일이 가능할까. 마코토 감독의 애니메이션과 소설은 "그렇다"고 말해준다. 소설에 영화적 상상력을 입혀 새로운 작품으로 만드는 작업은 수없이 있어왔고, 성공도 많았다. 그러나 그 영화가 소설의 문장과 상상력으로 재탄생한 것은 좀처럼 볼 수 없었고, 또 성공한 적도 별로 없다. 영상이 가진 압축적인 이미지와 상징들을 언어로 풀어내고, 문학적 상상력으로 변주하기가 쉽지 않기 때문이다.

마코토 감독도 처음에는 그랬다. 소설 『초속 5센티미터』는 영화의 상상력과 표현에서 한걸음도 나아가지 못한, 그야말로 영화의 '관련 상품' '어설픈 추억'에 불과했다. 영화를 그대로 풀었으니, 소설에 묶인 영화보다 더 빈약하고 초라했다. 감수성 넘치는 표현과 은유와 상징, 그것을 언어로 표현하는 타고난 재능을 어디에서도 발견할 수 없었다.

원작(영화)을 뛰어넘은 소설

그런 그가 7년의 세월을 지나면서 소설 『언어의 정원』에서 보란 듯이 이를 유감없이 드러내기 시작했다. 구성과 시점부터 영화와 달리했고, 영상(그림)으로 도저히 표현 불가능한 풍경이나 표정을 언어들로 표현했다. 주인공 두 사람만이 아닌 등장인물 모두의 시점으로 이야기를 서술하고, 고전문학을 끌어들여 스토리를 풍부하면서도 입체적으로 변화시켰다. 45분의 영가 짧고 얇다는 느낌을 줄 정도로 소설 『언어의 정원』은 깊고 넓고 독창적이다.

그런 느낌은 투명하고 아름다운 언어로 묘사한 이미지와 상상력 때문이기도 하다. 가령 이런 것들이다. '물과 꽃이 어우러진 농밀한 냄새가 유키노에게서 나오는 은은한 향기에 섞여 어두운 정자를 메웠다', '비에 까맣게 젖어 오랜 세월 같이 살아온 아내에게서 버림받은 노인처럼 적막해 보였다' 등 영상이나 그림으로는 표현할 길이 없는 절묘한 은유와 비유이다.

소설을 읽으면 영화가 말하려는 풍경이 사람의 마음을 만들고, 누군가를 무엇인가를 희구하는 마음이 이 세상을 만들어 간다는 것을 명징하게 느낄 수 있다. 이같은 문장 묘사법을 칼럼니스트인 칸타 노리코는 '부유감'이라고 했다. 영화의 카메라나 등장인물과 달리 서술자의 시점이 때때로 두둥실 떠올라 어디든 마음대로 다가가서 보는가 하면, 마지막에는 서로 시점이 빠르게 맞부딪쳐 스토리 라인과 배경과 고전문학으로 어우러진 빛을 난반사시키듯 한다는 것이다.

마코토 감독은 〈너의 이름은〉을 처음에는 소설로까지 쓸 생각이 없었다. 애니메이션으로 가장 잘 어울린다고 생각했다. 그런데 '서로에게 선물을 주고받듯' 영화를 만들면서 소설을 썼고, 소설이 영화보다 조금 앞서 나왔다. 소설은 〈언어의 정원〉처럼 틀까지 바꾸지는 않았고, 스토리도 다르지 않다.

그렇다고 〈초속 5센티미터〉처럼 단순히 영화를 어설프게 서술하는 것에 그치지 않았다. 두 주인공을 1인칭 시점으로 바꾸고, 소설에서는 들을 수 없는 영화 속 음악의 리듬과 가사를 주인공의 중요한 감정의 표현으로 바꾸었다. 영화에서 빛과 소리, 그림으로 상징화한 이미지들을 공감각적 언어로 은유하고 묘사했다. '딸깍하는 금속음이 저녁 매미울음소리에 녹아든다'거나, '새어드는 아침햇살은 마치 새것처럼 깨끗하다'든가, '젖은 공기가 간신히 목소리가 되어 나왔다'든가.

이런 언어적 감각과 문장력을 가지고 있으니, 그것을 그림으로 바꾼 애니메이션 역시 사람들의 마음을 떨리게 할 수 밖에. 적어도 마코토 감독의 〈너의 이름은〉과 전작인 〈언어의 정원〉만큼은 영화를 먼저 보고, 소설을 한번 읽어보아야 한다. 영화가 미처 잡아내지 못하고, 영화에서 느끼지 못한 감성들까지 살아날 것이다. 영화를 다시 한 번, 그리고 더 깊고 아름답게 '기억' 하게 만들 것이다.

"

레버넌트

"

소설에게는 '시간', 영화에게는 '감정'

실화를 바탕으로 한 소설. 그 소설을 바탕으로 한 영화. 이들 사이에 어떤 변화가 있을까. 실화는 말 그대로 '있는 그대로'이고, 소설은 그것을 언어적 상상력으로 재구성한다. 그리고 영화는 그 더해진 상상력과 사실을 표현 가능한 영상으로 바꾼다.

그런데 만약 실화가 소설만큼이나 인간의 한계와 상상력을 뛰어넘는 것이라면. 소설이야 언어로 그것을 하나하나 기록하면 된다. 영화는 고민에 빠진다. 실제 무대와 실제처럼 보여줄 배우가 있어야 한다. 줄이거나, 어설픈 장치나 흉내내기의 싱거운 '연기'로는 원작의 의도와 맛을 살리지 못하고, 사실의 재연에도 실패하기 십상이다.

소설 『레버넌트』가 그렇다. 이 작품은 실존인물이 주인공이고, 그의 이야기는 상상을 초월할 만큼 처절하다. 지독한 악조건 속에서 한 인간의 생존을 위한 몸부림이 그렇고, 그 동기인 복수에 대한 집념이 그렇다. 영

화가 붙인 '죽음에서 돌아온 자'란 부제가 과장이 아니다. 아니 그 이상
이다. '죽음에서 돌아온 자'가 아니라, '지옥보다 더 끔찍한 현실에서 죽
지 않고 살아 남은 자'란 표현이 더 맞을지도 모른다.

　사냥꾼 휴 그래스가 생존을 위해, 살아서 복수하기 위해 겪어야 했던
일들은 우리가 상상하는 인간의 한계를 뛰어넘는다. 어쩌면 그때 죽지 않
은 것이 그에게는 불운이라고 할 만하다. 운명의 1823년 8월 24일, 모피
사냥을 위해 군인까지 포함된 11명과 함께 강을 거슬러 가다 혼자 맞닥뜨
린 회색 곰의 공격으로 만신창이가 되어 겨우 숨만 붙어있을 때. 아니면,
대위가 그 알량한 휴머니즘을 발휘해 죽으면 무덤이라도 만들어 주라고
동료에게 그를 맡기고 가지만 않았어도 비극도, 복수를 위한 생존의 집념
도 없이 '레버넌트'의 신화는 이 세상에 전해지지 않았을 것이다. 이야기
에는 가정이 있어도 삶에는 가정이란 없다.

　휴 그래스는 곰의 공격에도 죽지 않았고, 동료가 버리고 갔지만 혼자서
식량과 무기 하나, 모피 하나 없이 혹독한 겨울과 인디언의 습격이 도사
리는 북미의 험준한 산과 강, 허기와 부상의 고통을 이겨냈다. 인디언의
공격을 피하기 위해 긴 얼음강변을 기어서 지나고, 살을 에는 강에 뛰어
들고, 절벽으로 뛰어내리고, 동사(凍死)하지 않기 위해 부상당한 말의 배를
가르고 창자를 모두 꺼낸 뒤 피 칠을 한 채 그 안에 들어가 밤을 새고, 허
기를 채우려 죽은 짐승의 뼈에서 말라빠진 골수를 파먹고, 물고기를 잡아
산 채로 뜯었다.

　외교관 출신인 미국의 마이클 푼케는 전설처럼 내려오는 19세기 초 미
국의 사냥꾼 이야기를 소설에 담았다. 일지형식으로 그의 행적을 따라간

소설은 '사실'에 충실하려는 듯 비교적 담담하게 그의 이런 모습들을 묘사한다. 그렇다고 소설 『레버넌트』가 모두 있는 그대로의 '사실'만은 아니다. 푼케는 에필로그에 이렇게 적었다. "모피교역시대의 이야기는 역사와 전설의 탁한 혼합물이다. 휴 그래스의 역사에도 약간의 전설이 섞여 있을 것이다."

가능한 사실에 충실했지만 몇몇 등장인물과 상황은 상상의 산물이고, 사학자들 사이에 엇갈리는 의견에서 한쪽만을 선택한 것도 있다고 했다. 그러나 휴 그래스가 곰의 공격으로 치명적인 부상을 입은 것, 그를 돌보기 위해 남았던 동료들이 그를 버리고 떠난 것, 그가 기적적으로 살아남아 복수를 위해 불굴의 의지로 길고 혹독한 추격을 벌인 것은 '사실'이라고 그는 말했다. 그래서 소설 『레버넌트』는 실화가 아니고 '실화를 바탕으로 한 소설(픽션)'이다.

실화와 소설과 영화의 차이

이 소설에서 '영감'을 얻은 알레한드로 이냐리투 감독이 영화 〈레버넌트〉를 만들었다. '영감'이란 말을 쓴 것 자체가 원작을 그대로 따라가지도, 전부 담지도 않았다는 얘기다. 시간의 흐름대로, 인공조명을 사용하지 않고 태양과 불빛만으로 영화를 찍는 것으로 유명한 그는 주요 인물과 배경, 주제와 소재, 사건의 모티프는 소설에서 가져왔지만 상황과 시간, 과정은 푼케가 그랬던 것처럼 약간, 아니 상당부분 영화적 상상을 섞었다. 그래서 영화 〈레버넌트〉는 소설이 아니다.

소설의 영화화가, 영화적 상상력이 결코 소설에서 뒷걸음치려는 것은 아니었기에 무엇보다 현실처럼 연기할 배우가 중요했다. 알레한드로 이냐리투 감독은 어쩌면 유일하게 휴 그래스처럼 북미의 겨울 산과 강을 이겨낼 배우를 정확히 알고 있었다. 누구보다 레오나르도 디카프리오의 연기철학과 역정, 간절한 욕망을 잘 알기에.

영화 〈레버넌트〉는 복수극이다. 실화도, 소설도, 영화도. 휴 그래스가 악착같이 살아남기 위해 몸부림친 것은 오로지 배신자인 동료 피츠제랄드를 찾아내 자신의 손으로 직접 복수하기 위해서였다. 가장 소중한 것을 잃은 그에게 생존 자체는 큰 의미가 없다. 생존은 복수를 위한 조건일 뿐이다. 이미 한번 죽어봤으니까, 죽음조차 두렵지 않다. 복수만큼 사람들의 마음을 사로잡고 카타르시스를 주는 것도 없다. 알레한드로 이냐리투 감독은 그 복수의 감정에 대한 당위성, 관객의 공감과 카타르시스를 크게 하기 위해 소설의 시간과 거리를 줄이는 대신, 사건과 상황을 더 처절하고 끔찍하게 만드는 변주를 했다.

소설에는 주인공 휴 그래스가 잠시 인디언 마을에서 살았다는 이유로 그를 짐승이나 잡종 취급을 하는 백인은 없다. 백인들이 우리의 땅과 동물을 훔쳐갔다고 비난하는 인디언도 없다. 백인들이 인디언을 마구잡이로 처형해 나무 십자가에 매달아 놓고는 죄명을 '짐승'이라고 써놓은 잔혹한 짓도 나오지 않는다. 휴 그래스가 잠깐이라도 인디언과 생활하지 않았으니 인디언 여자와 결혼하지 않은 것은 당연하고, 그러니 죽은 인디언 아내와의 추억도 환상도 없다. 백인에게 납치된 인디언 아리카라족 추장의 딸을 구해주고, 그 덕분에 목숨을 건졌는지도 알 수 없다.

게다가 소설에는 독자가 바라는 통쾌한 복수도 없다. 철저하게 복수를 붙잡고 가지만, 마지막에는 오히려 그것을 놓아버린다. 그보다는 상상이나 가정, 비판적 시각을 배제하고 180여 년전 혹독한 상황에 놓인 한 인간의 100일 생존기에만 충실하려 했다. 복수에 대한 대상과 동기 또한 한편으로는 어이없다. 물론 복수의 대상은 자신을 사지에 버리고 간 동료이지만, 더 참을 수 없는 것은 그가 자신이 가장 아끼는 총을 가져갔기 때문이다. 사냥꾼에게 총은 생명과 같은 것이어서, 그것이 '사실'이겠지만, 알레한드로 이냐리투 감독으로서는 싱겁다 생각했을 것이다.

영화가 소설처럼 단순히 돈에 눈이 어두운 피츠제랄드와 나이 어린 겁쟁이 브리저가 인디언 습격으로 죽을까 두려워 휴 그래스를 버려두고 떠났다면, 그의 끈질긴 복수 의지와 생존을 위한 사투도 감정이입이 약했을 것이다. 부상당한 자신을 혼자 남겨두면서 총과 칼까지 가지고 간 것은 살인이나 마찬가지라고 해도, 그 때문에 100여 일 동안 인디언에 쫓기거나 붙잡혀 죽을 고비를 반복하면서 산과 강을 수 천 마일이나 넘나드는 불굴의 집념은 보편적 감정이 아닌 한 인간의 특별한 선택으로 밖에 비춰지지 않았을지도 모른다.

감정 극대화 '설정'으로 소설의 약점을 극복한 영화

그것을 알고 있는 영화는 소설의 이 같은 '솔직한 약점'을 극복하기 위해 감정을 극대화하는 '설정'을 집어넣었다. 바로 아버지로서의 존재이다. 휴 그래스는 한때 인디언들과 생활하면서 결혼까지했고, 인디언 아내는 백인에게 살해를 당한 과거를 만들었다. 그리고 둘 사이에 낳은 아들이 함께 사냥에 나섰고, 피츠제랄드가 자신을 버리고 떠날 때, 함께 있던 아들까지 죽였다. 그리고 사경을 헤매면서도 그는 그것을 목격했다.

이것으로 휴 그래스의 처절함과 복수심은 강한 동기와 설득력을 얻었다. 그의 초인적인 생존의지에 관객들은 동정과 공감을 느낄 명분을 얻었으며, 백인들의 인디언에 대한 무자비한 폭력과 인종차별, 신의 뜻을 빙자해 저지르는 악행은 물론 아메리카 대륙을 피로 물들인 종교적 위선의 역사도 자연스럽게 드러낼 수 있게 되었다. 문제는 소설의 자유로운 시간에 대한 탈피와 그것을 살아있는 연기로 보여줄 살아있는 인물이었다.

영화 〈레버넌트〉는 짧은 시간에 이 모든 것에 대한 강한 설득력과 감정이입을 만들어내야 했다. 그래서 과정의 응축과 결말의 통쾌한 카타르시스로 나아갔다. 아들의 존재와 죽음, 죽음의 복수, 인디언 아내에 대한 환영과 종교적 악행과 구원에 대한 냉철한 시선 등 극적인 구성과 다양한 코드를 밀도 있게 이어갔다. 사실에 충실하려 했던 소설과 달리 영화는 자유로우려 했으며, 그 자유가 왜 필요한지를 아는 감독은 솜씨 좋게 소설과 다른 서사구조와 내러티브를 만들었다.

누가 뭐래도 영화 〈레버넌트〉의 일등공신은 배우 레오나르도 디카프리오이다. 그가 없었다면 아무리 소설을 변형하고, 이야기를 바꾸어도 살아있는 휴 그래스를 스크린에서 만나보기는 불가능했을 것이다. 2002년 소설이 나오자마자 할리우드가 영화로 만들 궁리를 했지만, 감당할 배우가 없어 지금껏 실행에 옮기지 못한 이유도 배우 때문이었다. 단순히 주연 욕심, 감독의 명성, 상에 대한 기대만으로 휴 그래스를 영화로 불러내기는 어려운 일이었다. 스토리에 대한 상상의 한계가 아니라 연기에 대한 상상의 한계를 뛰어넘는 그야말로 열정과 혼신으로 자연과 맞서 '지옥보다 더 끔찍한 현실'을 연기한 디카프리오야말로 아카데미 남우주연상 수상을 떠나 영화사에 길이 남을 것이다.

소설 『레버넌트』가 '사실'을 바탕으로 했다는 전제, 그 사실이 갖는 가치와 의미를 생각할 때, 어느 것이 더 좋다고 섣불리 단정할 수 없다. 감독과 배우가 유명하고, 소설보다 훨씬 극적인 영화가 더 대중적 소구력(訴求力)을 가진 것은 분명하다. 그렇다고 영화와 달리 소설의 클라이맥스가 예상을 빗나간 것에 실망할 이유도 없다. 작가의 상상으로 선택한 극적 상황 역시 우리는 탓할 수 없다. 실제로 군법재판이 열리는 도중에 휴 그래스가 나타나 총으로 피츠제랄드 어깨를 쏜 것은 작가가 지어냈다고 고백했으니, 소설이 지키고자 한 '사실'과는 거리가 멀다. 그러나 이 또한 소설을 위한 작가의 선택이다.

작가도 감독도 복수에 대해 모두 고민했을 것이다. 그러나 선택은 정반대였다. 푼케는 용서를, 이냐리투는 응징을. 영화 마지막에 휴 그래스에게 "복수로 죽은 아들을 살릴 수 없다"고 외치는 인간이 다름 아닌 피츠제랄드란 사실은 아이러니다. 그러나 휴 그래스는 소설에서처럼 그를 용서하지 않는다. 대신 성경의 한 구절(로마서 12장19절)인 '너희가 친히 원수를 갚지 말고 하나님의 진노하심에 맡기라'를 인용하면서 "복수는 내 손에 달린 게 아니야. 신의 일이지"라고 말하면서 인디언들의 손에 맡긴다. 신의 복수이자, 자신의 복수이다. 영화는 그 이후를 생각하지 않았다. 그럴 필요도 없다. 관객들에게 보여주지 않아도 되니까.

그러나 소설은 그 이후까지 생각했다. 피츠제랄드에게 부상을 입히는 정도로 끝내고, 지옥에서 살아 돌아온 휴 그래스가 살인범이 되어 감옥에서 진짜로 죽는 것을 바라지 않았다. 실화에서도 그는 그렇게 자신의 인생을 끝내지 않았다. 그래서 푼케는 프랑스 친구로 하여금 감옥에 있는 그를 꺼내준 다음, "볼 마음이 없는 자보다 더 지독한 맹인은 없다"는 말로 복수의 어리석음을 깨우쳐 준다. 휴 그래스가 그날 밤, 자신의 '징조'로 본 별자리 역시 섬뜩한 칼을 쳐든 사냥꾼인 오리온이 아니라, 십자가 모양으로 변하고 있는 북십자성이었다.

복수는 피해나 상처를 직접적으로 되갚는 행위이다. 그것이 심리적 위안은 될지 몰라도 보상이나 이익은 없다. 오히려 엄청난 자기 파괴와 희생을 감수해야 한다. 복수는 억울하게 당한 피해가 클수록, 그것으로 삶이 무너져 더 이상 잃을 것이 없거나, 아니면 미국의 마이클 맥컬러프 교수가 『복수의 심리학』에서 말했듯이 사회가 억울함을 바로잡을 어떤 방법도 제공하지 않을 때 나온다. 세상이 정의롭지 못하다고 느낄수록 사람들은 복수극에서 대리만족과 카타르시스를 얻는다. 영화 〈레버넌트〉가 지금 그런 세상을 사는 우리의 마음을 읽고 있는 것은 아닌지.

"

폭풍이 오면,
나무 앞에 서있으면 금방이라도 쓰러질 것처럼 보이지.
하지만 땅 속에 뿌리를 단단히 내린 나무는
절대 무너지지 않아.

"

"

화장

,,

죽어가는 자와 살아갈 자, 그 사이의 거리

우리가 어떤 사람에 대해 '안다'고 할 때, 그것의 폭과 깊이는 과연 어느 만큼인가. 이름과 얼굴만으로 '안다'고 하는 사람이 있고, 평생을 함께 살아도 '알 수 없다'고 하는 사람도 있다. 이렇게 사람사이에 '안다'는 말은 개별적이고 아득하다. 설령, 그 사람을 깊이, 모두 안다고 하더라도 타인의 아픔과 고민, 상처와 슬픔을 대신하거나 나눌 수 있을까. 나는 자신 없다. 그래서 '기쁨은 나누면 두 배가 되고, 아픔은 나누면 반으로 줄어든다'는 말에 동의하지 않는다.

소설 『화장』은 바로 그 '안다'와 '나눈다'에 대한 솔직한 고백과 고민이다. 이 작품을 쓴 김훈을 '안다'. 신문기자(한국일보 문화부) 시절이었던 1980년대 말, 그는 나의 사수였다. 3년 가까이 그는 문학을 읽는 법, 그것으로 기사를 쓰는 법을 가르쳐주었고, 기사를 고쳐주었다. 그런 인연 전부터 나는 그의 '글'은 모두 읽었고, 지금도 그렇다. 그렇다고 그의 소설을 모두 '안다'고 말할 자신은 없다.

이 영화의 감독인 임권택 감독도 마찬가지다. 역시 기자시절, 영화를 담당하면서 만났고, 20년의 세월을 쌓았다. 때론 사석에서, 때론 촬영현장에서, 때론 공식적인 기자회견에서 어느 감독보다 자주, 그리고 가깝게 영화와 인생에 대해 교감을 나누었다고 생각한다. 그렇다고 그의 삶과 영화세계를 '안다'고 말할 자신이 없다. 임 감독 역시 나에 대해 그렇게 말할지 모른다. 영화 〈화장〉을 보는 동안, 화면 사이사이로 쉴 새 없이 그런 생각이 끼어들었다.

소설 『화장』을 처음 읽은 것은 2003년 여름이었다. 그리고 임권택 감독의 영화가 나와 다시 읽었다. 같은 소설이지만 12년 전과 지금, 그것이 주는 느낌과 의미는 다르다. 12년 전, 『화장』은 소설이었고, 지금 『화장』은 전부는 아니지만 내 자신의 경험이고, 현실이기 때문이다. 아내가 유방암 진단을 받았고, 수술과 항암치료를 했으며 아직도 나의 삶은 그 긴 고통의 시간 위에 놓여있다. 이렇게 소설은 누군가에게는 상상과 가공이고 누군가에게는 현실이다. 시간에 따라 꾸며낸 이야기가 '현실'이 되기도 한다. 그 누군가가 '나'다.

누군가에게는 소설이 '현실'이다

"나, 어떻게 해". 마취에서 깨어난 아내의 첫마디였다. 일주일 전, 가슴 수술 후 의사가 '암'이라고 말해주었을 때와는 달랐다. 이미 예상 했던 일이고, 조직검사 결과 수술한 주변이 깨끗하고 다른 곳으로 전이될

가능성이 거의 없다는 진단을 받은 아내는 '작은 혹' 하나로 끝이라고 생각했다. 그런데 겨드랑이의 림프 조직검사에서 종양이 또 발견되어 두 번째 수술을 했다.

아내는 한참을 말없이 눈물을 흘렸다. 기대했던 것들이 모두 무너졌다. 아내의 암은 조금 더 심각한 상태가 되었고, 수술 전부터 끔찍이도 싫어했던 머리가 모두 빠지는 항암치료까지 받아야 했다. 절망과 구원이 뒤섞인 아내의 말에 나는 어떤 답도 줄 수 없었다. 캄캄했다. 숨이 제대로 쉬어지지 않았다. 아내가 암에 걸리리라고는 상상조차하지 못했다. 심지어 아내 자신조차도. 가족병력이 있는 것도 아니고, 작은 체구인 아내의 생활이 무절제 했던 것도 아니었기 때문이었다.

그런 만큼 충격은 컸고, 아무런 면역도 없었다. 그래서 의사의 "큰 걱정 말라"는 장담에도 불구하고, 나도 아내도 '죽음'부터 떠올렸다. 이런 저런 설명을 하며 치료만 잘 받으면 완치율이 80%이상이니 걱정 말라는 의사의 위로가 공허했다. 나 역시 그 한마디 밖에는 떠오르지 않았다. "이제, 나는 어떻게 하지?" 쉰여섯의 나와 쉰둘의 아내는 이렇게 새로운 삶 앞에 섰다. 이후 아내는 하염없이, 소리 없이 우는 날이 많아졌다. 저 작은 몸에 얼마나 많은 눈물이 숨어 있는 걸까.

영화 〈화장〉의 아내도 MRI 사진으로 뇌종양 판정을 받던 날, '울음의 꼬리를 길게 끌어가며 아내는 질기게 울었다.' 그러고 나서는 그녀는 "여보, 미안해"라고 했다. '어떡해'와 '미안해'의 정확한 의미를 나도, 〈화장〉의 오 상무도 정확히 알지 못했다. 둘 사이의 차이는 더더욱 알 길이 없었다.

3차 항암주사로 머리가 모두 빠진 날, 아내는 모자를 눌러쓴 채 울었다. 가발까지 미리 준비했지만 쓰지 않았다. 그런 아내를 보며 그녀에게 사라진 머리카락은 무엇일까 생각해 보았지만, 알 수 없었다. 아내는 초고까지 완성한 박사논문을 던져버렸고, 대학의 연구원 자리도 내놓았고, 장롱 속의 옷들을 버렸고, 친구들의 병문안도 거절했다.

수술 전날, 머리카락을 자르게 간호사에게 머리통을 내맡긴 〈화장〉의 아내도 울었다. 그런 아내를 위해 해줄 수 있는 것은 없었다. 그 눈물의 근원은 고통과 불안일까, 아니면 회환과 절망일까. 울음의 깊이는 얼마나 될까. 그 근원과 깊이를 안다 해도 대신 할 수 있는 일이란 아무 것도 없었다. 그래서 오 상무의 고백이 솔직하기에 더 처절하고 처량하다.

'아내가 두통발작으로 시트를 차내고, 머리카락을 쥐어뜯을 때에도 나는 아내의 고통을 알 수 없었다. 나는 다만 아내의 고통을 바라보는 나 자신의 고통만을 확인할 수 있었다'

그 고통은 결코 하나가 아니었다. 누구도 타인의 아픔에 공감할 수는 있지만 그것을 대신할 수는 없다. 절망과 불안, 고통으로 눈물을 흘리는 아내에게 해줄 수 있는 말이란 "여보, 울지마. 내가 있잖아"였다. 그래, 내가 있어서 무엇을 어떻게 한다는 것인가. 이런 경험을 한 사람이라면 알 것이다. 허망한줄 알지만 달리 해줄 수 있는 말이 없다는 것을. 오 상무처럼 한편으로는 아내의 고통을 나누지 못하는 무력감과 죄책감, 다른 한편에서 아내로 인해 받고 있는 고통에서 벗어나고 싶은 마음 사이를 오 갔다. 그런 자신이 부끄러웠다.

세밀하고 무심한 소설 『화장』의 언어들

아침마다 꿈이었으면 좋겠다고, 이 모든 게 거짓이라는 '기적'이 일어나기를 바랐다. 헛된 희망이었다. 아내는 3주 간격으로 6차례 항암주사를 맞아야 했고, 그 긴 터널을 지나면서 우리는 서로 다른 고통으로 신음했다. 몸이 약한 아내는 독한 주사를 견뎌내지 못해 버둥거렸고 휘청거렸다. 그 모든 뒷감당을 해야 하는 나는 아내의 변덕에 지쳐갔고, 그렇게 효자노릇 할 것 같았던 아들은 짓눌린 집안공기에 일주일을 못 버티고 자기 방에 틀어박혔다. 아내와 산책조차 함께 하지 않으려는 아들이 야속하고 괘씸해 소리를 질렀다. 그러던 어느 날 아내는 장모에게, 나는 어머니에게 고통을 하소연하는 장면을 말없이 바라보는 아들의 붉어진 눈을 보고 깨달았다. 우리는 하소연할 수 있는 엄마가 있는데, 아들은 엄마가 아프니 누구에게 그 마음을 말할까.

암 판정을 받는 순간, 누구나 '죽음'을 먼저 생각한다. 암이란 그런 존재이다. 살아있는 생명체에만 달라붙는 그 놈은 공존(共存)을 모른다. 공사(共死)를 위해 맹렬하게, 악착같이 인간의 몸속에서 자신의 몸집을 불린다. 그 놈이 가진 그 죽음의 냄새 앞에서 나와 아내도, 오 상무와 그의 아내도 불안과 공포를 느꼈다. 그러나 그 불안과 공포는 달라 서로 섞일 수가 없다.

소설 『화장』은 그 섞일 수 없는 절망과 슬픔, 결코 알 수 없는 살아가야 할 자(남편)와 죽어가는 자(아내)의 고통의 간극을 '알 수 없다'는 말로 잔인하리만치 날카롭게 솔직하게 드러낸다. 생명현상은 그 개별적 생명체 내부의 현상이기 때문에 생명에서 생명으로 건너갈 수 없어, 아내의 고통과 나의 고통 사이의 상관관계를 알 수 없었다고 고백한다. (아내의) 죽음은 가까이 있었지만 얼마나 가까워야 가까운 것인지 알 수 없는 그 '무지(無知)'야말로 살아남은 자의 슬픔이라고 했다.

암으로 죽어가는 자(아내)와 그 죽음을 몸으로 감당해야 할 자(남편)의 아득한 거리. 김훈은 그 슬픔을 턱없는 동정이나 연민, 사랑으로 얼버무리려 하지 않았다. 두 번째 수술이 끝나고, 오 상무는 아내가 이제 그만 죽기를 바랐다. 그것만이 자신의 고통과 아내의 고통을 끝내는 길이고, 상대에 대한 사랑이고 진실일 것이라고 했다. 차마 드러낼 수 없는 솔직하고 냉정한 내면의 고백이 오히려 더 슬프다. 그래서 더욱 소설이 현실로 다가온다.

소설 『화장』의 죽음과 고통, 슬픔은 시각적이고 청각적이다. 죽음을 알리는 심전도 계기판의 삐삐 거리는 소리, 가파르게 드러난 치골, 배터리가 끊겨 휴대폰이 죽는 소리, 질긴 아내의 울음, 전립선이 부어 요도에 호스를 꽂고서야 쪼르륵 쪼르륵 오줌이 떨어지는 소리, 아내와 닮아있는 딸의 어깨의 둥근 곡선, 힘없어 보이는 잔등, 염이 끝나 긴 나무토막처럼 보이는 아내의 몸, 희고 가벼워 보이는 흩뿌려진 뼈 조각들이 눈에 어른거린다. 그 세밀한 관찰과 묘사가 무섭고 서럽다.

영화 〈화장〉의 연민과 위안의 시선

임권택 감독의 마음을 모르는 사람들은 〈화장〉을 102번째 작품으로 왜 선택했는지도 알 수 없을 것이다. 안다고 해도 오 상무가 아내의 고통을

보고 자신의 고통을 확인하는 것처럼 그사이
는 서로 아득할 것이다. 한국의 전통미가 물
씬 풍기는 고전이나 예술의 영화화가 그의
운명이고, 자랑이고, 길이라고 말한다면 우
리는 임권택의 마음과 영화세계로 온전히 들
어갈 수 없다. 그런 운명의 굴레 씌우기야말
로 임권택 감독에게는 고통이고 속박이다.
〈서편제〉가 그가 좋아하는 시대물임을, 우리
가 그것을 외면하고 과장된 '전통 되살리기'
란 굴레를 씌워버린 것을 알지 못한다면, 영
화 〈화장〉의 미덕도 알지 못할 것이다.

영화 〈화장〉은 멀게는 〈짝코〉에서 〈길소
뜸〉과 〈축제〉로 이어지는 임권택 감독의 삶
과 죽음, 운명에 관한 시선이자 마음이다. 비
록 시대가 바뀌고 그 삶과 죽음이 더 처연하
고 처절하더라도 그의 시선은 영화 내내 〈서
편제〉에서 명장면의 하나로 꼽는 '진도아리
랑'을 남녀 주인공이 산길을 내려오며 흥겹
게 부르는 롱테이크처럼 무심하다. 언어는
다르지만, 그 무심함은 소설 〈화장〉의 것과
다르지 않다. 그래서 소설과는 화장(化粧)을
달리하고, 젊고 예쁜 여직원 추은주(김규리)에

대한 오 상무(안성기)의 욕망과 환상을 강렬한 이미지와 구체적 행위들로 집어넣었지만 영화 역시 '살아가야 하는 자'와 '죽어가는 자'의 아득한 거리 사이에서 방황한다.

영화 〈화장〉은 죽어가는 아내(김호정)의 시선이 아닌 살아가야 할 남편 오 상무의 불안, 고통, 공포, 절망, 고민, 포기, 그리고 슬픔을 과장하지 않고 마치 일상처럼 드러낸다. 그 일상이 소설만큼이나 솔직하고 생생하다. 영화 역시 둘 사이의 접점을 찾지 못한다. 아니, 사이조차 좁히지 못한다. 임권택 감독은 억지로, 과장해서 그렇게 할 마음이 없었다. 오 상무는 현실의 고통에서 벗어나고 싶은 욕망과 그것을 감내해야 하는 마음 사이에서 방황하도록, 아내는 자신의 냄새 나는 몸을 씻겨주는 남편에게 "미안해"하고 말하다가도 "내가 죽었으면 좋겠지"라고 소리치도록 내버려둔다. 그게 사람이니까.

다만 영화는 소설만큼 잔인하지는 않다. 대중적 흥행을 생각해야 하는 영화적 숙명이나 계산 때문이 아니라, 산 자와 죽은 자의 운명을 모두 사랑하는 감독의 선한 마음 탓이리라. 임권택 감독은 아내의 장례를 치른 후, 오 상무로 하여금 "언제가 제일 힘들었어"라는 딸의 질문을 받고 "아픈 사람이 제일 힘들었지"라고 말하게 한다. 그리고 오 상무가 아내의 낡은 지갑 속에서 고이 간직된 자신의 옛 사진 한 장을 발견하고, 추은주와의 일탈과 욕망을 지워버리게 함으로써 끝내는 산 자와 죽은 자를 '사랑'

과 '연민'으로 연결시킨다.

그래서 영화는 더 애잔하다. 늦은 밤 병실로 돌아와 고통과 죽음과 사투를 벌이며 울부짖는 아내를 안아주고, 추은주를 다시 만나러 술집으로 돌아가다 '이게 뭔가' 싶어 도중에 택시에서 내려서는 골목길을 처연하게 혼자 걸어가고, 아내가 낡은 지갑에 남긴 자신의 사진을 보고 정신 나간 사람처럼 맨발로 산길을 내려가는 오 상무의 모습이 연민, 자괴감, 회한을 다 말해준다. 임권택 감독의 카메라가 아니었으면, 안성기의 말없는 눈빛이 아니었으면 불가능 했으리라.

소설 『화장』을 다시 읽으면서, 영화 〈화장〉을 보면서 아프고, 슬프고, 부끄러운 언어들은 오늘도 아내의 고통과 불안 속에 들어가지 못한 채 오 상무가 그랬던 것처럼 "여보, 울지 마… 내가 있잖아"라고 말하는 자들에게 날카로운 '현실'이 되고 있다. 그런 현실을 부정할 수 없는 한, '그래, 당신이 있어' 뭐가 달라진다는 것인가.

"

화차

"

시간과 공간 뛰어 넘기

내 약혼녀가 사라졌다. 시골에 계신 부모님에게 인사하러 가는 도중 고속도로 휴게실에서 종적을 감추었다. 납치당한 걸까. 아니면 어디로 숨어 버린 걸까. 소설 『화차』는 이런 사건과 의문으로 시작한다. 그러니 속을 무엇으로 채우든, 어떻게 가든 미스터리, 추리의 속성을 가질 수밖에 없다.

『화차』는 일본의 여성작가 미야베 미유키의 소설이다. 성과 이름의 첫 글자를 따서 '미미 여사'란 애칭을 가지고 있는 그녀의 작품 20여권이 국내에 번역, 출판됐지만, 『화차』가 영화로 만들어지기 전까지 잘 알려지지 않았다. 뛰어난 추리소설가도 하찮게 평가하는 알량한 순수주의와 편견, 지나치게 소녀취향의 일본소설 편식 때문인지 모른다.

그러나 일본에서 그녀는 시대를 대표하는 소설가이다. 1960년 도쿄에서 태어나 스물 일곱 살에 데뷔작인 단편 『우리 이웃의 범죄』로 요미모노

추리소설 신인상을 받은 이후, 『마술은 속삭인다』, 『용은 잠들다』, 『가모우 저택사건』, 『모방범』, 『혼조 후카가와의 기이한 이야기』, 『이름 없는 독』을 줄줄이 내놓으면서 일본의 문학상들을 석권했다.

그녀의 추리소설은 크게 두 갈래다. 하나는 사회고발성 현대물이고, 하나는 풍속을 추억하는 시대물이다. 현대추리물은 위압적이지도, 사이코적이지도 않다. 사소한 일상에서 사소한 사건이 일어나고, 그것을 조용히 꼼꼼하게 조사하다보면 어느새 사회 전체의 문제와 맞닿아 있음을 깨닫게 해준다. 때문에 그녀의 현대추리물은 늘 살아있고, 생생하며 설득력과 공감의 마력을 지니고 있다. 범인에게까지 연민을 느끼게 해 함부로 '죽일 놈'이라고 단정하지 못하게 만드는 따뜻함과 애잔함이 있다. 『화차』도 그런 작품이다.

고향인 도쿄 후카가와를 무대로 애도시대 사람들의 삶과 그곳에서 일어난 크고 작은 사건을 세태와 함께 그려가는 시대물도 마찬가지다. 지

금은 사라진 따뜻한 정과 연대감에 대한 그리움이 곳곳에 묻어난다. 우리의 소설 『천변풍경』을 떠올리게 한다. 추리물이면서 사람을 바짝 긴장시키지도 않는다. 인정 많고 게으른 하급무사가 동네 간섭 다하면서도 사건을 해결하고, 범인을 잡지만 그역시 쉽게 미워할 수 없는 존재다. 휴머니즘이 바탕에 깔려 있다는 점에서 그녀의 현대 추리물과 같다. 다만 할머니의 옛날이야기처럼 가끔 초능력자가 등장하고, 괴담도 나오는 것이 다르다. 이역시 일본 특유의 정서와 향수이다.

미미 여사의 날카로운 추리에 의한 사회고발

소설 『화차』는 1993년 작품으로 야마모토 슈고로상 수상작으로 오래전에 한국에 소개됐지만 묻혀있다가 영화 덕분에 뒤늦게 베스트셀러가됐다. '누군가 살인을 저지르고, 끔찍한 범죄현장이 발견되고, 경찰이나명탐정이 뛰어난 감각과 날카로운 관찰력으로 수사를 하고, 용의자가 나타나지만 범인이 아닌 반전이 일어나고, 마지막에 아주 위험한 상황에서아슬아슬하게 범인을 잡는'.

우리가 익히 알고 있는 그런 장르적 스릴러도 아니다. 흔히 먼저 살인이 일어나고, 범인을 추적하는 장르의 플롯을 따르지 않는다. 사건보다는그 과정에서 사라진 약혼녀의 정체가 드러나고, 예상치 못한 참혹한 그녀의 과거를 알게 되고, 실종사건 속에 아무도 모르고 있던 또 다른 끔찍한 범죄들이 드러나는 등 순서가 뒤집힌다.

사건과 동시에 인물에 대한 추리가 함께 시작되고, 그것을 위해 제3자인 경찰이 아니라, 그녀의 약혼자와 그의 고종사촌(전직 경찰)이 사건을 파헤친다. 작품의 지향점 때문이다. 미스터리 추리물은 주로 살인사건을 다룬다는 점에서는 소설 『화차』도 예외는 아니다. 이 작품에도 살인은 있다. 그러나 그것은 '사라진 여자'의 삶을 추적하면서 자연스럽게 발생하고 밝혀진 하나의 범죄일 뿐, 그 자체가 작품의 핵심적 사건은 아니다. 또한 그것을 해결하는 일이 목표도 아니다.

그 목표는 정신병적 광기나 분노, 집착에 사로잡힌 한 인간의 범죄가 아니라, 누구나 불의불식간에 저지를 수 있는 죄와 특별해서가 아니라, 그냥 그렇게 될 수밖에 없는 한 여자에 대한 이야기이다. 머리 좋은 사람이 치밀한 논리와 상상으로 덫을 놓고는 독자의 두뇌를 테스트하는 그런 가짜 세계가 아니라, 누구나 겪을 수 있는 현실 세계이다. 『화차』에서 저질러지는 참혹한 범죄는 단순히 개인의 뒤틀린 욕망이나 탐욕, 정신적 이탈이 아니라 사회가 공범이다. 『화차』가 사회고발 추리소설인 이유다.

변영주 감독은 소설 『화차』의 무대가 한국이 아닌 일본이어서 변형은 불가피했지만 주제와 소재, 무대와 인물은 소설에서 그대로 가져왔다. 소설과 마찬가지로 어느 날 약혼녀 강선영(김민희)이 사라지자 동물병원 의사인 장문호(이선균)는 경찰의 미온적인 태도에 참다못해 뇌물을 받아먹어 경찰에서 파면당한 사촌 형 김종근(조성하)에게 그녀를 찾아달라고 부탁한다. 소설에서는 은행원인 남자 주인공이 형에게 부탁만 해놓고는 가만히 기다리고 있는 것과 달리 장문호는 함께 그녀를 찾아 나선다.

소설도, 영화도 그녀의 이름, 나이, 직업, 가족 등을 모두 가짜로 만들게 한 '신용불량자'가 작품의 핵심이다. 소설은 이런 사실조차 한참 지나서 알게 하지만, 영화는 개인파산 신청서에 붙어있는 사진과 글씨체가 그녀의 취업신청 이력서와 다른 것에서 곧바로 알아낸다. 소설이 느린 이유는 경찰이 아니면 함부로 부탁하고 조사하지 못하는 일본의 제도와 관습 탓도 있지만, 미야베 미유키가 사회적 문제를 보다 세밀하고, 자연스럽게 제기하기 위해서일 것이다. 소설은 주인공이 그런 인물이었다는 사실을 가지고 1990년 초 일본에서 붐을 이룬 신용카드로 신용불량자가 대량 양산된 사회적 환경, 그로 인한 개인의 피해 실상을 적나라하게 고발한다.

영화 〈화차〉 역시 그것을 소홀히 여기거나 건너뛴 것은 아니다. 변영주가 일본군위안부 문제에 고집스럽게 집착했던 〈낮은 목소리〉의 감독이란 사실을 감안하면, 비록 〈화차〉가 상업적 흥행을 노린 영화라고 하더라도 그녀로서는 쉽게 포기할 수 있는 주제가 아니다. 어쩌면 하필이면 그녀가 다른 나라도 아닌, 일본 소설을 원작으로 선택한 이유가 바로 그것 때문인지 모른다. 왜냐하면 신용카드의 남발로 과잉소비를 권하는 사회, 외상과 고리대금을 신용이란 이름으로 포장해 마치 행복한 삶을 보장하는 것처럼 국민을 착각하게 만드는 사회를 외면하는 〈화차〉는 단조롭고, 유치하고, 작위적인 3류 추리 멜로물에 불과하기 때문이다.

한국 현실과 색깔로 탈바꿈한 영화 〈화차〉

영화 〈화차〉는 소설처럼 구구절절 설명하지 않는다. 한가롭게 그럴 시간도 없다. 사건에 빠르게 접근해, 실체를 하나하나 파헤치는 것도 바쁜고, 또 그 과정에서 얼마든지 관객들에게 메시지를 전달할 수 있을 것이라고 생각했다. 소설과 다르게 영화 〈화차〉는 과감히, 그리고 자신있게 그렇게 했다. 그녀가 강선영이 아니라 차경선이라는 사실로 영화가 갈 길은 정해졌다. 그렇다면 진짜 강선영은 누구이며, 차경선은 또 어떤 인물인가. 그녀는 왜 차경선을 버리고 강선영이 되었나를 밝혀야 한다.

모든 의문의 열쇠는 바로 악마의 유혹과도 같은 '신용카드'에 있다. 악마는 아버지를 신용불량으로 만들어 가족을 뿔뿔이 흩어지게 했고, 차경선에게 끈질기게 달라붙어 그녀의 인생을 송두리째 망가뜨렸다. 이혼까지 당하고 강제로 끌려가 몸까지 팔아야 했던 그녀는 치밀한 계획을 세워 살인까지 저지르면서 강선영으로 탈바꿈했다. 이 작품의 반전은 그녀가 알고 보니 강선영이 아닌 차경선이란 사실에 있지 않다. 진짜 감독이 노린 반전은 차경선으로서는 기가 막히는, 강선영이 다름아닌 36만원의 연체로 돌려막기를 하다 순식간에 몇 천만 원의 빚더미에 올라앉아 신용불량자로 파산선고까지 받은 인물이란 운명의 장난이다.

영화 〈화차〉는 일차적으로 이 모든 책임이 당사자에 있음을 부정하려는 것이 아니다. 누가 신용카드를 함부로 만들어 쓰라고 했나. 도덕적으로도, 법적으로도 본인 잘못이다. 신용카드는 금융자본주의 사회의 총아다. 잘만 이용한다면 그야말로 요긴하게 쓸 수 있고, 당장 닥칠 경제적 부담도 줄일 수 있다. 절제하지 않고, 분수에 맞지 않게 남용한 것이 문제다. 맞다. 그러나 눈을 크게 한번 뜨고 보자. 지금도 여전히 신용카드사는 자신들의 이익을 위해 온갖 미끼를 달고 새 카드 발급과 사용을 적극 조장하고 있지 않은가. 다양한 신용카드를 갖고, 쓰는 것이 경제적 행위이며 '행복한 삶'이라고 광고하고 있지 않은가. 케이블TV 광고를 독점하다시피 하는 대부업체들도 비슷하다. 가짜 강선영도, 진짜 강선영도 이렇게 말했다. "난 그저 행복하고 싶었을 뿐"이라고.

차경선이 신용카드가 결코 행복을 가져다주지 않는다는 사실을 알았을 때는 이미 늦었다. 살인까지 저지르며 강선영으로 변신했지만, 그렇게 벗어나고 싶었던 신용불량자란 낙인이 다시 찾아왔다. 그 악마의 굴레에서 벗어나기 위해 그녀는 약혼자 장문호를 버리고, 다른 인물이 돼 아무도 모르는 곳에서 숨어사는 수밖에 없다. 또 다른 인물을 죽이고, 그 인물이 되어야 한다. 약혼자도 전직 형사도 다음 희생자가 누가 될지 직감한다. 소설은 직감 그대로 가지만 영화는 상업성을 높이기 위해 또 한 번의 트릭을 집어넣었다.

영화 〈화차〉는 치밀하다. 가짜 강선영의 실체를 밝히는 과정이나, 차경선이 강선영이 되는 과정, 장문호와 김종근이 진실을 추적하는 과정에서 논리적 비약이나 허술함을 보이지 않는다. 군더더기도 없다. 상속포기로 사채업자들로부터 해방되기 위해 실종된 아버지를 죽게 해달라고 비는 차경선의 모습이 현실처럼 다가온다. 이런 탄탄한 구성과 설득력이야말로 추리물의 힘이다. 이 모든 것이 소설에서 왔지만, 그 냄새와 빛깔과 접근방식을 세세하게 분리해 한국인의 정서와 한국영화 분위기에 맞게 바꾸었다. 시대와 무대도 20년 전 도쿄에서 지금의 서울로 어색하지 않게 바꾸었다.

많은 일본의 소설이나 만화가 한국에서 영화로 만들어지고 있다. 그러나 일본에서 인기가 있고, 작품성을 평가 받았다고 좋은 영화로 이어지

는 것은 아니다. 우리의 현실과 감각, 시대와 정서에 맞춘 뛰어난 재가공과 우리의 사회와의 연결 끈을 가져야 진짜 한국영화가 된다. 〈미녀는 괴로워〉가 그랬고, 〈화차〉가 그렇다. 지나치게 상업성을 의식한 나머지 남자 주인공의 역할까지 바꾸고, 지나치게 멜로 코드를 집어넣은 것이 이따금 눈에 거슬리기는 하지만 그래도 영화 〈화차〉를 보고 나면 "지금 내 지갑 속에는 몇 개의 신용카드가 있지", "함부로 신용대출 받았다가는 일생을 망치는 구나"라는 두려운 생각을 한번쯤은 가진다. 그정도면 사회적 메시지 전달에 성공한 것이다.

지금 이 순간에도 시도 때도 없이, 어디서 번호를 알아냈는지 휴대폰 문자로 신용대출을 권하는 사회다. 갈수록 신용불량자로 전락하는 젊은 이들은 늘어나고 있고, 정부가 나서서 금리를 낮추고, 악덕사채업자들을 때려잡겠다고 떠들지만 말 뿐, 우리 사회는 여전히 차경선 같은 사람들로 넘쳐나고 있다.

"

…너도 살아. 제발 붙잡히지 말고.

"

위험한 관계 / 색, 계

"

욕망과 사랑, 그 경계와 차이는?

남녀사이에는 사랑과 욕망이 동시에 존재한다. 문학은, 영화는 그 경계와 차이를 고민한다. 예술과 외설을 구분하려는 것처럼.

그러나 삶을 관계란 관점에서 보면 그 둘의 구분이 무슨 의미가 있을까. 남녀관계에서 욕망 없는 사랑이 있으며, 사랑 없는 욕망 또한 가능한 일일까. 단지 표현방식이나 수단만으로 그것을 어느 한쪽으로 단정하는 것 또한 가당한 일인가.

1959년 프랑스 로제 바딤 감독과 1988년 미국 스티븐 프리어스 감독의 〈위험한 관계〉에서 1989년 밀로

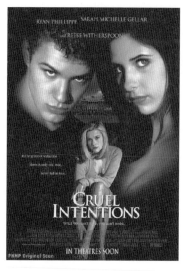

스 포먼 감독의 〈발몽〉과 10년 뒤인 1999년 로저 컴블 감독의 〈사랑보다 아름다운 유혹〉, 그리고 2003년 이재용 감독의 〈스캔들, 조선남녀상열지사〉까지.

시대와 국가, 감독의 개성은 다르지만 이 다섯 편의 공통점은 원작이다. 1782년 프랑스 소설 『위험한 관계』. 18세기 프랑스 귀족사회를 배경으로 한 쇼데를로 드 라클로의 이 소설이 왜 이렇게 시대를 이어가며 영화로 만들어지는 걸까. 『위험한 관계』는 재미있는 소설도, 읽기 편한 소설도 아니다. 당시 프랑스 귀족사회의 타락을 풍자했다고 하지만, 일기체 소설인 『어느 하녀의 일기』처럼 용감하지도 통렬하다는 느낌도 들지 않는다. 『채털리 부인의 사랑』처럼 남녀 성의 묘사나 표현이 노골적이고 자극적이지도 않아 제목만 보고 지레짐작했다가는 실망하기 십상이다.

〈위험한 관계〉는 시작부터 끝까지 서간체이다. 등장인물들 사이에 오고 간, 무려 175통의 편지만을 통해 사건이 흘러가고, 인물들의 관계가 얽히고, 그 행간에 시대와 풍속을 드러낸다. 남의 편지를 독자가 읽어본다는 형식에서 일종의 '훔쳐보기'이다. 라클로가 왜 이같은 선택을 했는지 정확히 알 수는 없다. 다만 성에 대해서만은 유독 강한 관음증의 유혹을 자극하기 위한 것일지 모른다는 추측만 할 뿐이다.

아무리 남녀의 은밀하고 이탈적인 사랑과 욕망의 이야기라도 오로지 글로, 그것도 편지를 통해 엿본다는 것은 지루하고 재미없다. '관음증'은 시각적 본능과 맞닿아 있다. 관음이란 말 자체가 '본다'이지 '읽다'나 '듣다'가 아니다. 상상의 자극보다 시각의 자극을 원한다. 그래서 영화는 이것을 눈앞에 생생한 모습으로 펼쳐 보이고 싶은 것이다. 성과 영화의 '관음적' 결합이다.

관음 자극하는 서간체 소설 『위험한 관계』

편지는 일종의 대화이다. 인물들 각자가 특정대상에게 자신의 행동과 생각과 느낌을 글로 전달한다. 서간체 소설은 독자들에게 특권과 우월의식을 준다. 편지를 읽음으로써 마치 나만이 그들의 은밀한 공간을 엿보고, 그들로부터 숨김없는 고백을 듣는 것 같은 느낌을 주고, 그들과 비밀을 공유하는 듯한 착각을 준다. 심지어 모든 편지를 읽어볼 수 있는 권리를 가짐으로써, 소설 속의 등장인물들이 모르는 사실까지도 다 알고 있는 전지적(全知的) 존재가 된다. 작가가 노리는 것이기도 하다. 작가의 전지적 시점보다 독자를 더욱 당당한 관음주의자로 만들어야만 소설이 더욱 자극적이고 흥미로울 테니까. 그것이 소설적 구성에서는 다소 벗어나더라도.

『위험한 관계』도 그렇다. 라클로는 어떤 인물에 대해서도 선악과 호불호의 판단을 내리지 않는다. 상처받은 영혼으로 교활하게 성의 욕망과 유혹을 이용해 복수를 하는 메르테유 후작부인도, 그녀를 소유하고 싶은 욕망에 사로잡혀 타락한 성적 게임에 빠져든 발몽 자작도, 후작부인과 자작의 게임에 속아 육체를 버리고 자살하는 투르벨 법원장의 부인도, 그 게임에 하나의 소도구가 되어 발몽에게 순결을 빼앗기게 된 세실 볼랑주와 그녀를 사랑했지만 음모에 속은 것에 격분해 살인을 저지르는 당스니 기사까지도.

라클로는 그들을 동정하지도, 미워하지도, 함부로 심판하지도 않는다. 그는 자신의 소설은 "사람들(특히 여인들)이 작품 속 인물들 같은 불행한 길에 빠지지 않도록 사교계에서 수집하여 사람을 교화시키기 위해 간행한 서간집일 뿐"(대산세계문학총서 67, 윤진 번역의 『위험한 관계』의 해설)이라고 말한다. 그리고 그 판단은 독자들의 몫으로 돌린다. 그의 말대로 『위험한 관계』는 불행한 이야기를 담은 소설이다. 사랑과 미덕이 가져온 고전적 멜로의 운명적 불행이 아니라, 악덕과 방종, 유혹과 타락이 남긴 불행이다. 바람둥이 발몽에게 여자는 성적욕망 충족의 대상일 뿐이다. 그에게 사랑은 그 목적을 이루기 위한 거짓 감정, 장치에 불과하다.

한편, 젊은 나이에 과부가 된 교활한 여자 메르테유 후작부인에게 성은 복수의 수단이다. 이 둘 사이에 '위험한 게임'이 가능한 이유는 발몽이 메르테유에게 성적욕망을 가지고 있기 때문이다. 메르테유는 발몽의 그런 태도와 감정을 자신의 복수에 이용한다. 타락한 게임에는 음모가 뒤따른다. 그 음모의 희생자가 바로 투르벨 부인과 열 여섯 살의 처녀 세실 볼랑주이다.

비뚤어진 악덕과 방종, 욕망과 탐욕은 선과 순결, 사랑과 미덕을 노린다. 메르테유에게 세실은 자신을 버린 남자의 여자이고, 투르벨 부인은 발몽에게 한 눈을 팔게 하는 여자다. 메르테유는 둘을 동시에 파멸시킴으로써 복수도 하고, 자신의 남자도 차지하기 위해 발몽의 자존심과 욕망을 교묘히 부추긴다. 그녀의 음모에 놀아나 발몽은 세실의 처녀성을 빼앗아 버리고, 정숙하고 순수한 여인 투르벨의 육체까지 온갖 사랑의 미사여구와 치밀한 계획으로 마침내 정복해 버린다.

그러나 오로지 욕망과 음모로만 저지른 행위에서 발몽은 감정의 경계를 만난다. 게임에서 이기기 위해서, 메르테유를 자신의 소유로 만들기 위해 시작했고, 자기를 경멸하고 혐오했기에 더욱 집착한 거짓 사랑과 고백이 투르벨에게는 진실과 사랑, 용기와 행복이 되는 것을 보면서 발몽 스스로도 육체적 욕망과 정복이 아닌 '사랑'을 만나게 된다.

〈위험한 관계〉는 그것을 아름다운 결말로 이끌지 않는다. 악녀 메르테유와 발몽의, 발몽과 투르벨의 위험한 관계도 모두 파국으로 치닫게 한다. 메르테유와 발몽, 발몽과 투르벨, 세실과 메르테유가 주고받은 고백과 고민의 편지들이 음모와 비극을 밝히는 증거가 되고 편지 곳곳에 심어 놓은 심리묘사까지 알고 있는 독자들은 냉엄한 심판자가 된다. 소설 『위험한 관계』의 매력이자, 그 많은 편지를 '관음' 하게 만드는 힘이다.

동양의 가치관으로 애잔해진 위험한 욕망

어느 시대, 어느 곳에나 타락한 인간은 있고, 그 타락은 성의 풍속도를 통해 가장 적나라하게 드러난다. 육체적 성에 대한 욕망이 이성과 도덕, 감정과 이탈의 중요한 경계인 이유는 때론 그것이 시대와 인간까지 규정하기 때문이다. 그리고 어느 때에도 그 경계를 함부로 무너뜨리는 타락한 인간들은 있었다. 그래서 신분제도가 엄격하고, 유교적 도덕관념이 사방을 둘러싸고 있던 조선시대에도 〈스캔들, 조선남녀상열지사〉가 나올 수 있었다.

1931년의 중국 상하이라고 예외는 아니다. 일본의 중국침략으로 불안하면서도, 개방과 자본주의 물결의 쾌락이 양립하던 그곳 상류사회에도 셰이판(장동건)이란 바람둥이가 있었고, 질투와 탐욕에 빠진 여자 모지에위(장백지)가 있었으며, 그들의 타락한 게임에 희생자가 된 정숙한 미망인 뚜펀위(장쯔이)와 어린 소녀 베이베이도 있었다.

허진호 감독에 의해 여섯 번째 영화로 만들어진 『위험한 관계』가 중국 옷을 입었다고 한국 감독이 메가폰을 잡았다고, 즐겁고 안전하고 행복한 관계로 바뀔 수는 없다. 다만 분위기만은 18세기 프랑스와는 다르다. 소설의 『위험한 관계』가 냉정하다면, 상하이에서의 〈위험한 관계〉는 밀로스 포먼의 〈발몽〉에서처럼 유쾌하고 발랄하면서도, 애잔하고 애틋하다. 배경과 무대를 감안하면 동양적인 가치관에서 완전히 자유로울 수 없기 때문이고, 신랄하고 냉소적 세태풍자보다는 그래도 사랑이란 순수와 미덕을 버리지 않으려는 감독의 멜로적 애착 때문이다.

그것이 영화의 등장인물 모두, 심지어 메르테유의 변신인 모지에위까

지 따뜻한 시선과 연민으로 바라볼
수 있게 만들었다. 관객은 은밀한 관
음자나 냉정한 심판자가 아니다. 안
타까움이 가득한 동병상련의 이웃이
다. 그것이 위험한 관계가 빚어낸 욕
망과 이탈, 타락까지도 음모가 아닌
아름다운 사랑으로 승화시킨다. 두
여배우의 강하면서도 대조적이고,
섬세하면서도 함축적인 심리연기가
없다면 불가능한 일이었다.

그러고 보면 〈위험한 관계〉는 어떤 시대, 지역, 분위기로 영상화 하느
냐가 중요하지 않다. 적나라한 성적 묘사도 매력이 아니다. 눈빛, 눈동자
의 작은 움직임만으로도 냉담과 갈등, 떨림과 기쁨, 절망과 분노를 표현
할 줄 아는 배우들이 있어야 빛난다. 스티븐 프리에스 감독의 영화에서
존 말코비치, 글렌 클로즈, 미셀 파이퍼가 그랬고 허진호 감독의 영화에
서는 장쯔이와 장백지가 그렇다.

〈위험한 관계〉는 얼핏 자극적이고 시각적이라고 생각할지 모르지만,
다분히 심리적이다. 투르벨 부인에게 보내는 편지에서 발몽의 고모뻘 친
척인 로즈몽드 부인은 이렇게 말한다.

"남자에게 독점욕은 그저 좋아한다는 의미이고, 결국 쾌락을 증가시킬
뿐이죠. 다른 대상이 나타나게 되면 사라지진 않더라도 약해집니다. 하
지만 여자에게 독점욕은 아주 깊은 감정이죠. 사랑하는 사람에 대한 욕망

외에 다른 욕망들을 모두 제거해 버리니까요."

이 차이를 말이나 대사가 아닌 오직 몸짓과 표정으로 표현할 수 있는 배우가 얼마나 있을까. 그래서 장쯔이를 다시 보게 된다.

문장부호가 '거리'이고 '운명'인 〈색, 계〉

문장부호는 무기이며, 메시지다. 부호가 다르고, 위치가 다르면 문장의 의미도 달라진다. 문장부호는 일종의 명령이다. 부호에 따라 다르게 받아들이라는 것이다. 소설가 장아이링은 〈색, 계〉라 했고, 리안 감독은 〈색/계〉라고 했다(국내에서는 영화도 소설제목과 같은 부호로 표기했다).

같은 제목에 왜 다른 부호를 선택했을까. 영화와 소설은 같지 않다는 것이다. 장르 차이가 아니다. 훨씬 날카롭고 깊은, 문장부호 앞뒤에 놓인 색과 계의 관계와 거리의 차이다. ','는 나열이다. 서로 별개이며, 단절이다. 반면 '/'는 숙명이자 대응일 것이다. ','는 말뚝처럼 굳건하다. 빼어버리고 서로 다가가는 것을 허용하지 않는다. 그러나 '/'는 바로 서지 못한 벽처럼, 유리막처럼 곧 쓰러지거나 깨질 것만 같다. 언제 양쪽이 하나가 될지 몰라 조마조마하다. 금방 하나가 미끄러져 들어올 것만 같다.

매국노인 남자주인공 '이'에게 매력적인 미모의 젊은 여성 왕지아즈가 맥 부인이란 가명으로 접근한다. 그를 암살하기 위해서다. 두 사람 사이에, 욕망(색)과 두려움(계) 사이에, 장아이링은 단호하게 ','를 놓고는 절대 서로 건너지 못하게 했다. '계'를 건너지 못하는 육체적 행위는 사랑이 아니다. 소설이 포르노가 아닌 이상 길게 묘사할 가치도 없다. 그러나 여

자는 시간이 지날수록, 무감정
의 육체적 행위를 반복할수록,
초조와 불안에 휩싸이면서도
그것을 넘어가려는 욕망을 가
진 자신을 발견한다. 부정하지
만 모르는 사이에 넘어가고 있
는 자신을 발견한다. '설마 이

출처: 네이버

선생을 사랑하게 된 것일까. 그녀는 그럴 리 없다고 생각했지만 확실하게
그게 아니라고 단정 지을 수도 없었다.'

　여자는 사랑으로 미끄러져갔다. 다이아몬드 반지를 선물하는, 암살이
두려워 늘 경계하는, 조금은 서글픈 미소를 머금은 중년남자의 얼굴에서
여자는 부드러움과 왠지 모를 연민을 느꼈기 때문이다. '이 사람… 나를
진심으로 사랑하고 있구나!' 라고 확신하는 순간, 여자는 욕망과 두려움의
경계인 ','를 뽑아버린다. 사랑의 힘은 죽음의 공포와 죽여야 할 대상이
란 증오심을 초월한다. "어서 가요"란 속삭임으로 암살대상자인 남자를
오히려 위험에서 구한다.

　그러나 남자는 결코 ','를 넘지 않는다. 여자가 뽑아버린 '계' 넘어 사
랑으로 가지 않는다. 경계에서 끝까지 머문다. 남자는 자신을 위해 죽은
여자의 생각을 떨쳐버리듯 말한다. '독하지 않으면 남자가 아니다. 그런
남자가 아니었다면 나 역시 자신을 사랑하지 않았다' 라고. 마지막 순간
자신에 대한 그녀의 감정이 얼마나 강렬했었는지는 상관없다. 그냥 감정
이 있었다는 것으로 남자는 족하다. 처음 여자를 몰래 불러낼 때처럼, 마

작을 하며 수다를 떠는 아내와 그녀의 친구들 속에 다시 앉는다. 장아이
링은 이것이 남자라고 했다. 여자의 사랑은 환상일 뿐이다. 그 환상으로
여자만 무너질 뿐, 남자가 가진 경계와 ','는 무너지지 않는다고. 그래서
더 소설이 가슴 아픈지 모른다. 어쩔 수 없다. 그게 〈색, 계〉이니까.

　리안 감독은 하고 많은 장아이링의 소설 중에 『색, 계』를 영화로 선택
한 이유를 어느 작품보다 '아름답고, 잔혹하기 때문'이라고 했다. 그는
왕지아즈가 홍콩에서 처음 연극공연을 끝낸 직후 왕지아즈의 감정, 전차
를 타고서도 가라앉지 않은 폭풍과도 같은 그 격렬함이 소설의 핵심이라
고 했다. 왕지아즈(탕웨이)의 그 충만한 에너지를 그는 이(양조위)와의 색과
계로 이어가고자 했다. 색과 계 사이에 ','가 아닌 '/'를 선택한 것은 이
렇게 출발한 영화로서는 운명일 수밖에 없다. 열정은 비극을 몰고 오더라
도 '경계'를 뛰어넘고야 말기 때문에.

　영화가 소설에는 없는, 중국 당국이 30분 가량 가위질을 할 정도로 노
골적이고, 사실적이며, 긴, 두 주인공의 정사장면을 집어 넣은 것도 이 때
문일 것이다. 감미롭지도 않지만, 외설적이라고도 말할 수 없다. 장아이
링의 소설이 설명한 그들의 관계처럼 처음에는 원시시대 사냥꾼과 먹잇
감처럼 보이고, 마지막에는 서로를 점유하는 듯한 느낌을 준다. 남자는
야수처럼 여자를 공격했고, 여자는 불안과 두려움으로 그 공격을 받아들
였다. 어쩔 수 없다. 두 사람 사이에, 각각의 몸짓 사이에 '계'가 존재하
고 있었기 때문이다.

　금지와 위험은 욕망을 더욱 절박하고, 강렬하게 만든다. 남자의 가학적
인 몸짓과 그것을 점차 단순한 신념과 의지가 아닌 감정으로 받아들이는

여자의 복잡한 얼굴 표정이야말로 리안 감독이 관객들에게 주고자 한 것이다. 조금씩 달라지는 그 느낌을 통해 영화는 색과 계의 경계가 불안하게 흔들림을, 남자의 자기 파괴적 욕망과 여자의 자기 기만적 연극이 사랑으로 변해가고 있음을 보여주고 싶었다. 그렇게 시작하는 사랑은 운명적으로 비극일수 밖에 없다. 색과 계 사이에 놓인 '/'를 결코 치워버릴 수 없기 때문에.

그렇다고 그 사랑이 거짓이라고 단정할 수 없다. 여자가 불안해 할 때 "내가 지켜주겠소"라는 한 남자의 말은 진심이다. 남자는 그렇게 하고 싶었다. 비록 '/'를 뛰어넘지 못하고 살기 위해 자신을 구해준 여자를 죽게 버려두지만, 남자 역시 사랑이었다고 생각한다. 비록 잠깐 동안의 욕망이나 환상, 위험한 관계로 끝나고 말았지만. 리안 감독이 소설과 달리 색과 계 사이에 '/'를 넣고 싶었던 이유가 아닐까. 그래서 소설과 달리 마지막에 남자를 텅 빈 여자방의 침대에 회환의 표정으로 앉아있게 만들지 않았을까.

변하지 않는 진실, '통속'

장아이링의 소설이나 리안의 영화는 '스파이를 사랑한 여자의 비극', '욕망에 빠져 사랑을 갈구하다 비운을 맞은 여자'의 이야기란 점에서

통속적이다. 장아이링 스스로 인정한다. '통속이 갖고 있는, 설명이 필요 없는 사람들의 기쁨과 슬픔, 만남과 이별에 뭐라 형용하기 힘든 애정을 느껴왔다'고. 그녀는 그것이 너무 천박하여 깊이가 없다면, 부조(浮彫) 역시 예술이라고 말하기 힘들 것이라고 했다. 솔직히 〈색, 계〉도, 〈색/계〉도 모두 통속임에는 틀림없다. 그 통속이야말로 세월과 반복을 통해 만들어진 인간의 깊고 솔직한 모습이다. 남자는 욕정으로, 여자는 투철한 조국애와 역사의식으로 시작한 육체적 관계가 사랑으로 나아가고, 그것이 어쩔 수 없이 '계'와 현실적, 역사적 상황에 의해 비극으로 끝나고…

그것이 1940년대 중국의 한 미녀 스파이와 그녀가 죽여야 할 매국노에게만 찾아온 '통속'일까. 시대와 장소를 떠나 지금, 여기, 우리에게도 언제든지 찾아올 수 있다. 누구나 그 통속에 빠져 들고 싶은 색(욕망)이 이따금 고개를 내민다. 대부분은 '계'가 그것을 눌러버리지만.

왕지아즈의 죽음 후, 소설과 영화는 남자

의 태도 중 어느 것이 더 진실하고, 선하다고 자신 있게 말하지 못한다. 결코 넘을 수 없는 ',' 와 쉽게 깨질 것 같지만 끝내 대립관계로 끝난 '/' 는 분명 서로 다른 의미와 운명을 갖지만 장아이링과 리안의 색과 계에 우리는 모두 공감한다.

청나라 말, 우리 역사에도 등장하는 그 유명한 리홍장의 외증손녀인 장아이링이 우리에게 알려진 것은 1999년 안휘 감독의 영화 〈반생연〉의 원작자로서였다. 소설로는 2006년에야 『경성지련』과 『첫번째 향로』 두 권이 번역 소개됐다. 섬세한 감성과 심리묘사, 역사와 관습과 남자 사이에서 비극적 선택으로 신음하는 작고 낮은 여자들을 통해 인생의 아픔을 드러내는 재주가 매혹적이다. 영화와 소설 〈색, 계〉를 만난 것은 그로부터 2년 뒤의 일이다.

장아이링의 작품을 읽다보면 저절로 떠오르는 또 한 여자가 있다. 프랑스 문단에서 활약하는 중국 신예 여류작가 샨사이다. 소설 『바둑을 두는 여자』가 비록 인물과 분위기와 구성은 다르지만, 〈색, 계〉와 어딘지 모르게 닮아있다. 그녀가 어느 날 갑자기 나타난 게 아니다.

"

악마는 프라다를 입는다

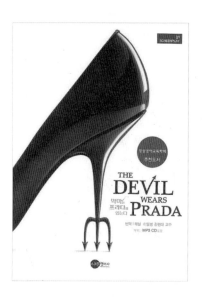

,,

소설은 '악마', 영화는 '프라다'

———————————————————————

　길은 정해졌다. 소설은 '악마'에, 영화는 '프라다'에. 〈악마는 프라다를 입는다〉만큼 소설과 영화의 지향점이 뚜렷하고, 그 이유 또한 분명하고 당연하며, 결과도 성공적인 작품도 드물다. 그도 그럴 것이 소설과 영화는 각기 자신의 장르가 가진 장점, 그것을 표현하는 수단을 선택했기 때문이다. 그렇다고 하나를 완전히 버렸다는 것은 아니다. 다만 소설은 '악마'의 스토리를, 영화는 '프라다'가 상징하는 명품의 가치를 살리는 데 집중했다. 그 결과 악마도 프라다도 모두 매력 넘치는 존재가 됐다.

　〈악마는 프라다를 입는다〉는 사실 흘러간 작품이다. 소설은 2003년, 영화는 2006년에 나왔고, 영화에서 신인배우로 앤드리아 역을 맡아 스타가 된 앤 해서웨이가 〈인턴〉에서는 어엿한 온라인 패션쇼핑몰 사장까지 됐으니. 그럼에도 불구하고 이 작품은 지금도 〈브리짓 존스의 일기〉와 함께 '칙릿(Chick Literature)'의 명품으로 평가받으며 세대를 이어가며 만나고

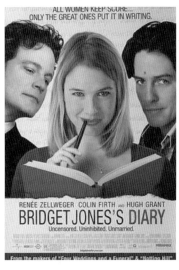

있다.

이유는 자명하다. 악마도 프라다도 아직 유용하기 때문이다. 더구나 악마도 프라다도 살아있다는 사실이 이 작품을 더욱 명품으로 만들었는지 모른다. 둘은 여성들에게는 영원한 주제이자 로망이다. 세상은 여전히 여성들의 꿈을 무참히 짓밟아버리려는 '악마'가 있으며, 자신도 막강한 권력의 '악마'가 되려면 그 악마를 이겨내야 한다. 또 아무리 열풍이 한풀 겪였다 하더라도 여성의 가슴에 '명품'은 영원한 선망이고 행복의 조건이기 때문이다.

미국 패션계의 권력자인 잡지 『보그』의 편집장 안나 윈투어와 그녀의 어시스턴트였던 이 소설을 쓴 로렌 와이스버거의 실화를 바탕으로 한 『악마는 프라다를 입는다』는 '칙릿'이란 말 그대로 20대 여성의 일과 사랑에 관한 이야기다. 로렌 와이스버거는 자신의 경험에 캐릭터의 상상력을 부여해 무겁고 어두울 수 있는 주제를 패션 쇼만큼이나 발랄하고 화려하고 깜찍하게 다뤘다. 물론 거기에는 온갖 명품들이 분위기와 품위에 일조를 했다.

사실 소설의 핵심은 '프라다'가 아니다. 안나 윈투어를 변주한 '악마' 미란다의 존재와 소위 비정규직인 그녀의 보조 앤드리아의 일과 사랑에 있다. 세계 유명 컬렉션까지도 그녀가 와야만 시작하고, 말 한마디와 표정 하나로 유명 디자이너를 하루아침에 나락으로도 떨어뜨릴 수 있는 여자. 독선과 오만과 히스테리가 넘치고, 그 사이사이로 허점과 허영이 드러나지만 자신의 권력이 결코 우연이나 과장으로 만들어진 것이 아닌 땀과 노력과 능력의 산물임을 보여주는 여자. 그리고 마지막에 가서는 피도 눈물도 없는 '악마'가 아니라, 냉정한 머리와 따뜻한 가슴과 예리한 눈을 가진 커리어 우먼임을 보여주는 여자. 그 여자가 바로 '프라다'를 입은 '악마'이다.

소설은 그 '악마'의 모든 것을 세밀히 관찰하고 서술하면서, 한편으로는 그녀 밑에서 온갖 언어의 칼날로 조롱과 무시와 꾸중을 당하면서 정글 같은 세계에 적응해가는 사회 초년병 앤드리아의 변화를 보여준다. 그곳에서 여성들은 그녀가 사회에서 명품으로 바뀌는 환상을 경험한다. 그리고 아무리 고달프고 무시당하더라도 '악마'에게 인정받으리라 결심한다. 심지어 소설과는 정반대로 사랑조차 포기하더라도. 소설에서의 명품은 프라다가 아니라, 악마이고 그녀 밑에서 버티고 적응하고 도발하여 마침내 실력을 인정받아가는 신참내기이다. 그래서 소설을 읽은 젊은 여성 독자들은 악마도 앤드리아도 좋아할 수밖에 없다.

니들이 '명품'의 맛을 알아?

여성 관객들의 눈과 마음은 처음부터 정해졌다. 영화를 보러 오기 전 이미 그렇게 마음먹었다. 스토리는 이미 소설을 읽어서 알고 있든 모르든 신경 쓸 필요도 없다. 그녀들이 보면 데이빗 프랭클 감독의 〈악마는 프라다를 입는다〉란 제목은 엉터리다.

두 가지 점에서 그렇다. 적어도 그녀들 눈에 '악마'는 보이지 않는다. 미란다(메릴 스트립)가 팜므 파탈이라고? 천만에! 세계 최고의 패션잡지 『런웨이』의 괴팍한 편집장인 그녀는 그냥 영화 속의 가공인물이 아니다. 화려한 영상 패션쇼를 벌이는 할리우드 스타 모델이다. 그것도 매일 세계 최고를 자랑하는 명품 코트와 핸드백, 구두와 안경, 머플러를 멋지게 입고, 걸치고, 신고서. 자신들과 동화시키기에 그녀는 너무 늙었다고? 천만에! 더 이상 젊음을 붙잡지 못한다는 사실을 알고 있는 중년 여성들은 '아! 저 나이에도 저렇게 멋질 수가 있구나' 하고 감탄할 수밖에 없다.

그 감탄은 여성이면서도 모든 사람을 장악하는 카리스마와 리더십, 자신의 일에 대한 열정과 전문성에 대한 것이 아니다. 패션에 대한 그녀의 날카롭고 화려하면서도 고급스러운 감각에 대한 찬사이다. 아니 그보다는 때론 나이에 어울리고, 때론 나이를 파괴하는 명품에서 풍기는 당당하고 세련된 분위기에 그녀의 포로가 돼 버렸다. 부하 직원들을 꼼짝 못하게 하고, 그녀가 나타나기만 하면 모두 벌벌 떨고, 공사 구분 없이 커피에 온갖 잔심부름과 심지어 그녀의 어린 쌍둥이 딸 시중까지 시키는 미란다를 '악마'라고 치자. 그럼 젊은 여성들의 시선을 빼앗아버리는 신문기자가 꿈인, 대학을 갓 졸업한 앤드리아(앤 해서웨이)는 도대체 뭔가?

그녀는 명품의 '명'자도 모른다. 낡아빠진 푸른색 울 스웨터를 입고는 나타나 미란다의 이름도, 명품의 이름도 모르는 자신의 '무식'을 비웃는 미란다와 잡지사 직원들 앞에 당당하다. 레스토랑 주방장이 꿈인 남자친구와 가난하지만 진실한 사랑을 가꾸려는 착한 여자이다. 아무리 미란다가 자신을 애먹이고 무시해도 정해진 시간에 도착하기 위해

미란다가 마실 커피를 손에 들고, 다른 손에 입을 옷이 든 쇼핑백 한 아름 안고 번잡한 뉴욕시내를 곡예하듯 정신없이 뛰어다니는 약간은 촌스럽고 맹해 보이는 여자이다.

젊은 여성 관객들의 놀라움과 반가움은 그녀가 어느 날 지미추 구두를 신었다는 것이다. 훗날 그녀는 "그때 영혼을 팔았다"고 말한다. 그러나 멍청한 남자친구 말고는 아무도 그 말에 귀 기울이지 않는다. 그녀가 남자친구와의 사랑을 위해, 자신의 꿈인 신문기자가 되기 위해 미란다의 비서 자리를 던져버리고, 모든 명품들을 벗어버리고, 처음의 모습으로 돌아가는 것에 젊은 여성관객들은 감동하지 않는다. 갑자기 그녀가 초라하게 여겨지기까지 한다. 미란다와 선배들에게 무시당하기 싫어서 시작한 명품 퍼레이드가 그녀를 너무나 멋지게 변화시켰기 때문이다.

그 순간, 관객들은 모두 놀랐다. 미란다의 표정이 달라졌고, 선배 비서

출처: 네이버

의 입이 벌어졌으며, 코디네이터가 박수를 쳤고, 그녀 친구들이 탄성을 내질렀다. 당연히 젊은 그녀(관객)들의 눈도 휘둥그레졌다. 아, 명품의 힘! 더구나 그런 것이 널려 있는, 가장 먼저 입어보라고 갖다 주는 곳에서 일하는 미란다나 앤드리아는 얼마나 행복할까. 그녀들의 꿈이고 환상이다. 이때부터 그녀들의 눈은 온통 모델 앤드리아의 또 다른 패션쇼에 박힌다. 아, 답답하다. 저 여자가 입고 나오는 옷이 어느 명품인지 말이라도 해주면 좋은데. 저, 모직모자는 어디거지? 저 검은 재킷 예쁘다. 에르메스의 상징인 저 진한 노란색 쇼핑백 안에는 어떤 옷이 들었지? 저거 우리나라에도 이미 들어왔겠지.

영화 〈악마는 프라다를 입는다〉는 이렇게 할리우드의 베테랑 중년 여배우와 처음 수수한 외모에서 출발해 너무나 신선하고 매력적으로 변신해 가는 신인 여배우를 모델로 멋진 명품 쇼를 벌여 세상의 여성들의 가슴을 설레게 했다. 천만다행으로 영화 홍보 팸플릿에는 두 사람이 영화 속에서 입고 쓰고 걸고 나온 옷, 모자, 목걸이가 어디 제품인지 친절하게 안내해 놓았다. 그리고 곧 똑같은 옷을 입은 사람을 거리에서도 볼 수 있었다. 그들을 '악마' 라고 말할 수 있는가.

앤드리아 역시 악마의 유혹에 빠졌다, 천사로 돌아온 것인가. 악마만 프라다를 입는 게 아니다. 내 여자 친구도, 너의 아내도 입었거나, 입고

싶어 한다. 미란다가 영화에서 "다들 우리처럼 되길 원해"라고 한 말은
진실이다. 적어도 여성들에게는. 그것을 사주지는 못할망정 앤드리아의
남자친구처럼 투덜대는 인간이야말로 그녀들에게 정말 '악마'인지 모른
다. 짊어져야 할 경제적 부담이 아무리 크더라도, 그건 그녀들의 특권이
니까.

  이런 이야기 자체가 반페미니즘적이고, 영화를 보러 온 여성들을 모욕
한다고 해도 어쩔 수 없다. 영화가 그렇게 선택했고, 그래서 성공했고, 말
은 어떻게 하든 아직도 여성들이 이 영화와 배우의 매력(사실은 패션)에 대
해 이야기하고 있으니까.

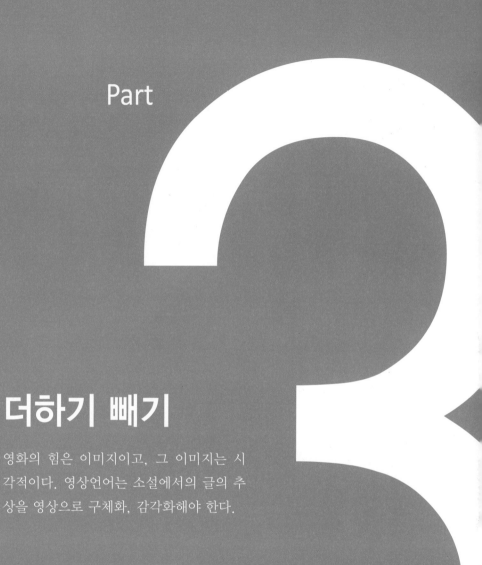

Part

3

더하기 빼기

영화의 힘은 이미지이고, 그 이미지는 시
각적이다. 영상언어는 소설에서의 글의 추
상을 영상으로 구체화, 감각화해야 한다.

"

내부자들 / 이끼

내부자들 / 이끼 147

만화의 상징성 vs 영화의 구체성

　『내부자들』과 『이끼』는 윤태호의 만화다. 그의 만화는 기괴하다. 압축
적이다. 캐릭터는 과장되고, 분위기는 공포스럽고, 카메라가 서서히 다가
가듯 섬세한 점강법으로 독자의 가슴을 압박한다. 움직임의 정지화면이
라기보다는 단말마적인 장면의 순간 포착에 가깝다. 고립된 산골은 모든
색이 바래버린 세상이고, 도시는 화려한 색깔로 치장했지만, 지금의 세상
과 어울리지 않는다. 거친 선이 세상에 대한 분노로 읽힌다.

　그의 만화는 단순하다. 심리학자가 사진을 찍듯 인간 내면을 탐색해
가장 상징적인 순간을 포착해 그림에 담는다. 〈이끼〉에는 대사가 거의 없
다. 그림 자체는 물론 그림 사이의 공간과 시간과 변화를 설명하지 않는
다. 설명하지 않은 그 빈 곳에 독자의 상상력이 들어간다. 그 상상력을 지
배하는 것은 희곡의 지문처럼 간결하면서도 날카로운 글, 같은 그림의 연
속적인 확대이다. 김태호 특유의 양식미다.

예를 들면 이런 것들이다. 『내부자들』에서 깡패 안상구가 비리증거를 가지고 협박하자 유력일간지 논설주간 이강희가 차가운 미소와 함께 던지는 섬뜩한 한마디. "이런 여우 같은 곰새끼를 봤나. 그러다 피똥 싸고 귀저기 찬다?"

〈이끼〉의 중심인물인 마을 이장인 천용덕도 비슷하다. 생김새부터 섬뜩하다. 지나치게 강조된 볼, 독사 같은 눈. 아버지의 죽음으로 마을에 온 류해국이 자신의 영역으로 침범해오자 그의 눈은 더욱 가늘어진다. 그리고 속으로 한마디 "이놈 봐라?"

두 작품은 모두 '권력'에 대한 이야기다. 『내부자들』이 우리사회 지배세력의 거대한 권력의 상호관계에 대한 고발이라면, 『이끼』는 한 작은 마을에서 벌어지는 권력의 추악함을 드러낸다. 윤태호의 만화는 비록 크기는 다르지만 그 속성과 본질은 다르지 않다고 말한다. 같은 냄새가 난다. 음습하고 비열하고 잔인하고 탐욕스러운 것에서 풍기는 악취.

권력은 부패하기 쉽다. 그 힘이 막강한 절대 권력 일수록 절대 부패한다는 말은 진리다. 그리고 부패한 권력은 음습한 곳으로 숨어들어서는 암세포처럼 서로 결합해 덩치를 키운다. 이렇게 한번 썩은 권력은 아무리 방부제를 뿌리고 도려내도 냄새가 없어지지 않고, 원래의 상태로도 돌아오지 않는다. 〈내부자들〉은 비록 과장과 시대에 뒤떨어진 상투가 있긴 하지만, 이같은 부패권력의 속성들을 거침없고 예리하게 드러낸다.

'부패한 권력'을 무너뜨리고 싶은 욕망

권력은 무기에서 나온다. 영화 〈내부자들〉에서 대선후보인 현역 국회의원 장필우, 재벌인 미래자동차 회장 오현수, 조국일보의 논설주간 이강희의 결합. 이들은 각기 정치, 돈, 언론이란 힘을 서로 빌려주고 나누면서 공생의 '부당거래'를 한다. 이른바 '정·경·언' 유착이다. 그들은 방해자에게는 무자비하고, 세상에 대해서는 뻔뻔하고 멸시적이다.

진짜 현실에서도 그렇게 생각하고 말하고 행동하는 인간들이 있듯이, 그들에게 대중들은 아무리 분노해도 적당히 짖어대다 알아서 조용해지는 개·돼지이고, 언론은 자신들의 이용 도구이고, 은행장은 자신들의 비리를 감추기 위한 희생양이고, 증인들은 비리를 감추기 위한 대리인이거나 위증자이다. 경찰출신으로 아무 줄 없는 검사 우장훈의 말처럼 그들은 괴물이다. 암 덩어리처럼 공격받거나 뜯기면 더 이악스럽게 자란다.

부패한 권력에서 세상의 질서는 정해져 있다. 주인공은 영원히 주인공이고, 그의 밑에서 기생하며 똥을 치우고, 똥구멍을 닦아주어야 할 인간은 영원히 그래야 한다. 그 질서를 어겼을 때는 가차없다. 개가 어설프게 짖으면서 주인 밥그릇까지 넘보거나, 머슴이 크기가 다른 자리를 욕심내거나, 청소만 하지 않고 쓰레기까지 훔치려고 하면 "감히 너 같은 놈이"라는 말과 함께 철저하고 무자비한 보복과 응징을 가한다. 우장훈을 좌천시키고, 안상구의 손목을 자른 것처럼.

영화 〈내부자들〉은 만화의 시각적 문장과 달리 직설적이면서 풍자적이고, 풍자적이면서 직설적인 짧고 생생한 청각(대사)으로 현실성을 더욱 높였다.

"잡상인이 주는 것 먹다 체하면 나도 모른다", "한강물 떠서 선거할까", "족보도 없이 대검 갈수 있나", "대한민국은 실력보다 빽이고 줄인데, 줄도 빽도 없는 놈은 나가 죽으세요"라는 대화와 자조가 상처에 뿌리는 소금처럼 현실을 날카롭게 찌른다.

과거 민주화 투쟁이 무색하게, 편향적인 글로 권력과 야합하면서도 "저 같은 글쟁이가 무슨 힘이 되겠습니까"라고 너스레를 떠는 이강희(백윤식), 언론과 기업의 유착을 "언론사와 기업의 마케팅 파트너십, 좋지"라고 빈정대는 대기업 오 회장(김홍파). 비자금이 폭로되자 장필우(이경영)는 기자회견을 열어 "표적수사, 정치공작"이라고 부인하고. 오 회장은 입원하고, 이강희는 '손으로 말장난을 친' 칼럼으로 여우처럼 빠져나가고, 안상구(이병헌)만 파렴치한 살인청부 성폭행범으로 몰리는 것이 현실이 아니라고 누가 말할 수 있을까.

허망한 카타르시스, 영화 〈내부자들〉의 결말

썩은 고기에 벌레가 꼬이듯, 그들 주변에는 수많은 작은 권력들이 기생한다. 깡패인 안상구도 그중 하나다. 안상구의 비극은 무기인 주먹이 불법이라는 것, 언제든 마음만 먹으면 그것을 이용한 자가 자신을 도려낼 수 있음에도 불구하고 '감히' 더 큰 욕심을 낸데 있다. 때문에 그는 빈말이라도 합법적으로 오회장이 은행에서 3000억 원을 불법대출 받아 300억원을 장필우의 정치비자금으로 제공한 것을 파헤치려는 젊은 검사 우장훈(조승우)처럼 '정의'를 외치지 못한다. 대신 그는 자신을 배신한, 불구로 만든 권력에 무모한 '복수'를 외친다.

현실은 여기까지다. '좇는 것은 같지만, 더럽지는 않은' 우장훈의 정의도 안상구의 복수도 소설에서는 가능할지 모르나 우리가 살고 있는 세상에서는 불가능하다. 영화 〈내부자들〉이라고 그것을 모를까. 다큐멘터리도, 실화도 아닌 영화이기에 허구가 얼마든지 가능하고, 비록 허망한 바람일망정 통쾌한 '카타르시스'를 주고 싶은 것이다. 관객들도 그것을 원한다. 안상구가 우장훈에게 "우리 영화 한편 하자"고 말한 이유도 여기에 있다.

이때부터 〈내부자들〉은 정의의 총잡이인 존 웨인이 나오는 미국 서부극처럼 활극을 펼친다. 우장훈의 도움으로 안상구는 호송도중에 탈출하고, 우장훈은 폭로의 핵폭탄을 만들기 위해 안상구가 이강희의 손목을 자르면서 녹음한 파일로 거래를 한다. '내부자'로 들어가 대검중수부 검사가 되어 그들의 성접대 장면을 찍은 동영상을 휴대폰으로 무차별 유포해 부패권력을 한꺼번에 무너뜨린다.

그러나 이 영화적 설정이 주는 통쾌함도 잠시, 영화인 뒤보다 현실인 앞의 모습들이 더 강하고 오래 남는다. 〈내부자들〉이야말로 안상구가 혼자 복수를 위해 시도하려다 개봉도 못한 영화와 같은 것이 아닐까, 아니면 그런 영화가 있는지조차 우리는 모르고 끝나는 것은 아닐까. 우장훈 역시 나비가 아니라, 썩은 권력을 좇는 나방이 되지는 않았을까. 영화 〈내부자들〉역시 윤태호 만화에 비현실적 카타르시스를 더했지만 보고나서 돌아서면 만화의 자리로 돌아올 수 밖에 없다. 영화관을 나서는 순간, 우리는 현실로 돌아와야 하니까.

단순함을 단순함으로 뛰어넘은 만화 『이끼』

한 작은 마을을 무대로 권력자와 그를 추종하는 인간의 추악한 탐욕과 부패를 그린 〈이끼〉의 세상은 어떨까. 역시 기본적으로 뒤틀려있다. 그 이유가 탐욕이든, 부패든 류해국은 피해자다. 마을사람들이 하나같이 경계하는 묘한 분위기의 느낌을 류해국은 "뭐야, 이 더러운 기분은"이라고 말한다. 윤태호는 그런 세상에 대한 조롱도 한마디로 압축한다.

"당신은 잘못한 것이 없다. 잘못이 잘못 아닌 세상에 사는 게 잘못 아니겠느냐, 당신이나 나나."

윤태호는 바늘 같은 독백 혹은 내면표현을 이유는 다르지만 등장인물들이 공유하게 만든다. "당신은 잘못이 없다"는 류해국의 결백을 무시하고, 가해자로 만들려다 시골로 좌천된 젊은 박민욱 검사도 마찬가지다. 왜? 윤태호의 만화는 거침없이 세상을 향해 언어의 주먹질을 한다. 그것도 큰 글씨로 단호하게 "혼자 정의로운 척, 잘난 척, 그런 위선자의 잘못이 아니냐"고.

이렇게 정의를 부르짖으며 개 같은 세상에 대고 욕질을 해대고 위선자의 덫에 걸려든 인간들은 외로울 수밖에 없다. 류해국은 아내와의 이혼에 직장까지 잃었다. 박민욱은 객지에서 혼자 생활한다. 만화 『이끼』는 그들의 분노와 외로움을 하나의 시청각적 장면으로 이미지화 한다. 검사는 술자리에서 아내에게게 걸려온 전화를 말없이 받아 듣기만하고, 류해국은 방에서 혼자 잔다. "쏴아"하고 반복하는 빗소리만이 그들의 내면을 은유할 뿐이다.

류해국의 천 이장에 대한 인상이야말로 『이끼』 전체의 주제와 분위기

를 말해주는 것이기도 하다. "불쾌하고, 음모적인 눈빛, 칼끝 같은 신경
줄, 반 박자 빠른 상황인식, 무섭도록 원초적인 인간". 그런 인간에게 류
해국이 "난 당신이 싫습니다"고 말하는 것은 당연하다. 애초 그런 세상
에, 그런 인간 옆에서 아무것도 모르는 것처럼 스며들듯, 천천히 '이끼'
처럼 들러붙어 사는 것은 불가능하다. 그런 인간은 절대 자신의 비밀과
약점을 파고드는 놈을 곁에 두거나 살려두지 않으니까. 상대가 숨기려 하
면 들춰내고, 피하려 하면 마주하고, 넘어가려 하면 붙잡아 따지는 것을
정의감이라고 여기는 류해국을 천 이장 같은 인간들이 좋아할 리 없다.
그들은 돈 앞에 굴복하고, 자기의 목줄을 쥔 사람 앞에서 개처럼 순응하
는 사람을 좋아한다. 그렇지 않으면 천용덕의 뇌물을 먹은 교도소장처럼
파멸시켜 버린다.

　『이끼』는 선과 악, 해탈과 탐욕의 극단적 대비이다. 류해국의 아버지인
류목형은 현실의 집착을 버리고 죄
의식을 씻어내 구원을 얻으려는 신
의 아들이고, 전직 형사출신인 천용
덕은 수단과 방법을 가리지 않고 치
부하는 철저한 속물주의자이다. 둘
의 승부는 뻔하다. 그 사이에 끼어
든 류해국과 박민욱 검사는 천용덕
의 실체는 밝히지만 〈치외법권〉처럼
약한듯하지만 끈질긴 정의의 승리를
말하지 않는다. 다분히 허무적인 삶

의 태도를 남길 뿐이다.

'순간순간 최선을 다하는 것이 흘러가는 시간에 대한 겸손이다. 삶의 밀도는 매 순간 같지 않다. 진정한 네 편은 너 밖에 없다. 싸우지 않고는 이길 수도 질 수도 없다. 지키고 싶으면 흔하게 만들어라.'

만화로서는 주제넘은 짓일지도 모르나 『이끼』는 만화가 가진 단순함을 단순함으로 뛰어넘는다. 누와르적인 분위기가 갖는 우울함 덕분도 아니다. 말 없고, 움직임이 없는 인물들 사이에 놓인 빈 공간을 건널 때마다, 점점 빠져들 수밖에 없는 인간과 세상에 대한 통찰력을 채워 넣는 윤태호의 타고난 재능 덕분이다.

직선적 비판, 영화 〈이끼〉

강우석 영화는 에둘러 말하지 않는다. 사회에 민감하다. 사람들이 지금 무슨 이야기를 원하는지 안다. 현실성이 있건 없건 관객들은 영화에서 불의를 응징하고, 사회 정의가 승리하는 것을 원한다고 생각한다. 강우석은 그것이 중요한 흥행코드라고 판단하고 있으며, 대부분 들어맞았다. 〈실미도〉와 〈공공의 적〉도 그랬다.

그가 〈이끼〉를 선택했다. 목표는 분명하다. 원작을 영화로 만드는 것을 좋아하지 않는 그는 애초 원작의 유명세를 타자는 생각이 없다. 〈이끼〉에서 자신의 흥행코드인 선악의 대결, 사회정의를 보았다. 영화 〈이끼〉를 보면 확연히 드러난다. 만화가 가진 은유와 상징과 형식미를 버렸고, 철학적 분위기를 걷어냈다. 대신 직접적이고 직선적인 표현, 웃음을 섞은 영화적 리듬, 선악의 강한 대립과 궁극적인 선의 승리로 관객에게 통쾌함을 선물하려 했다. 〈공공의 적〉의 냄새조차 억지로 없애려 하지 않았다. 강우석으로서는 자연스럽고, 합리적 판단이었다.

강우석의 머릿속에는 마니아 보다 대중적인 〈이끼〉가 들어있다. 사건과 인물이 이끄는 힘에 자신도 모르게 끌려가는 그런 영화. 그래서 그는 만화와 달리 과거 천용덕과 류덕형이 기도원에서 벌인 사건을 일찌감치 공개해버리고는 현재의 류해국(박해일)과 천용덕(정재영)의 대결을 이야기의 중심축으로 삼았다. 이 또한 과거형 영화 만들기를 좋아하지 않은 강우석의 당연한 선택이다. 긴장감의 연속 속에서 이따금 분위기를 풀어주는 코믹의 삽입으로 영화의 리듬을 살리는 것도 그의 단골수법이다. 박민욱(유준상)은 〈공공의 적〉의 검사와 어딘지 모르게 닮았고, 박민욱과 류해국의 갈등과 화해의 방식 역시 익숙하다. 때문에 〈이끼〉는 철저히 강

우석 영화이다.

강우석의 〈이끼〉에 대해 "원작을 모욕했다", "원작을 그대로 찍었어도 이보다는 나았다"고 비난하는 것은 온당하지 않다. 감독 강우석을 모른다는 말밖에 안 된다. 강우석이 아닌 다른 감독이라면 또 다른 영화가 나왔을 것이다. 그러나 〈이끼〉는 강우석의 영화다. 류해국을 요령부득에 고집스럽고, 그러면서 약간 가벼운 캐릭터로, 웃음을 위해 김덕천(유해진)을 원작과 180도 다른 인물로 바꾸었다. 한 인간의 죽음에 얽힌 비밀과 사회악에 대한 고발과 응징을 위해 류해국이 애써 시간을 낭비하며 농사를 지을 필요도 없다.

"농촌에서 논리와 합리성은 경험 앞에서 용도 폐기 된다. 당신이 생각하는 농촌은 드라마 밖에서는 없다", "내가 보고 싶은 것만 보고, 내가 바라던 대로만 믿으며, 남들도 나와 같을 것"이란 철학적 사고나 회의, 지나친 자의식도 필요 없다. 우울한 분위기를 고집할 이유도 없다.

영화가 탄생하지 않았으면, 수많은 이야기들과 소설은 만화로 만들어졌을 것이다. 그랬다면 만화 역시 지금처럼 과장과 은유, 상징과 생략의 정지된 그림이 아닌 사실적이고 연속적인 시각예술로 나아갔을 것이다. 세상에 영화가 있으니, 만화는 그럴 이유도, 필요도 없다. 만화의 길을 간다. 만화가 영화를 따라지 않듯, 영화도 만화를 그대로 모방하지 않는다. "원작보다 나은 영화 없다"는 말은 맹목적 따라하기에서 나온다.

> **"**
>
> 가벼운 도둑은 겉을 훔치지만,
> 진짜 악마는 마음을 훔친다.
>
> **"**

"

마이 리틀 자이언트 /
찰리의 초콜릿 공장

"

로알드 달과 스티븐 스필버그, 그리고 팀 버튼

영화는 누가 뭐래도, 아무리 컴퓨터그래픽과 특수효과가 발달해도 감독의 작품이다. 원작이 무엇이든, 시나리오 작가가 어떻게 바꾸고 더하고 빼든 결국 그것은 글이며, 그것을 영상으로 표현하는 최종 결정자는 감독이다. 때문에 같은 원작이라도, 같은 시나리오라도 감독에 따라 영화는 전혀 다른 느낌과 표현을 가진다. 감독의 개성이 강하면 강할수록 더욱 그렇다.

스티븐 스필버그와 팀 버튼. 둘 다 뛰어난 상상력과 기발한 감각을 가진 감독이지만 그들의 영화는 서로 다르다. 물론 영화에 대한 생각과 지향점, 스타일도 다르다. 상상력, 판타지, 그리고 휴머니즘. 적어도 이 세 가지에서만은 장르 불문하고 스티븐 스필버그를 능가할 감독이 있을까. 〈조스〉에서 〈인디아나 존스〉까지, SF 영화의 개념을 바꾼 〈ET〉는 또 어떻고. 그런가 하면 아카데미상을 안겨준 〈신들러 리스트〉와 〈라이언 일

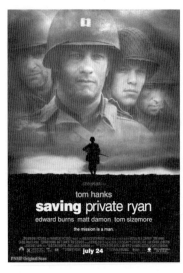

병 구하기〉에서의 감동이 이를 증명하고도 남는다.

그에 반해 팀 버튼은 누구도 흉내 낼 수 없는 자기만의 방식으로 상상력과 유머를 영화에 담는다. 〈가위손〉같은 슬픈 우화가 있는가 하면, 〈배트맨〉처럼 어둠속에서 빛을 뿜어내는 블랙액션 코미디도 있다. 〈화성침공〉, 〈혹성탈출〉은 또 어떻고. 동화도 그에게는 단순한 어린이용이 아니다. 동심 속에 날카로운 페이소스와 풍자를 집어넣고야 만다.

이런 두 거장이 물론 서로 같은 작품은 아니지만 한 작가의 동화를 영화로 만들었다면. 그것도 안데르센이 아닌 20세기 최고의 기발하고 대담한 상상력과 독창성을 가진 동화작가인 로알드 달의 것을. 동화를 그대로 옮긴다면 팀 버튼이 더 어울릴 것 같지만, 같은 상상력이라고 해도 동화와 영화는 다르다. 또 어떤 작품을 어떤 스토리텔링과 상상력을 선택해 변주했느냐에 따라 영화는 새로운 작품이 된다.

두 감독은 원작의 선택에서부터 자신의 스타일을 말해주었다. 스필버그는 〈마이 리틀 자이언트〉를, 동화를 원작으로 영화를 만드는데 스필버그 보다는 익숙한 팀 버튼은 〈찰리의 초콜릿 공장〉을 골랐다. 두 작품 모두 로알드 달의 대표작으로 풍자와 은유 속에 작가가 말하고자 하는 꿈과 인간과 가족에 대한 소중함이 담겨 있다.

〈마이 리틀 자이언트〉는 스필버그
가 디즈니영화사와 손잡고 만든 첫
영화라는 사실만으로 충분히 가슴이
설렌다. 그 설렘에는 기대와 궁금증
이 녹아있다. 분명 원작과는 다른 스
필버그의 천재성이 들어있을 것이기
때문이다. 더구나 로알드 달의 동화
가 원작이 아닌가. 스필버그가 어떻
게 그것을 요리했을지도 궁금하다.
동화도 상상력과 판타지가 서사의

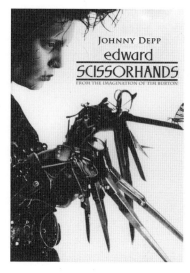

큰 줄기이다. 그것을 어떻게 변주하고, 어떤 방식으로 영상으로 스크린에
펼쳤으며, 스필버그의 창의력이 얼마나 영화를 동화보다 더 환상적이고
아름답고 재미있고 따뜻하게 만들었을까.

풍자보다 꿈과 감동을 선택한 스필버그

〈마이 리틀 자이언트〉는 극단적 크기 차이가 있는 거인과 소녀가 짝을
이루고, 무대가 광활하다. 그 속에서 영화는 '꿈'에 관한 이야기를 한다.
로알드 달은 동화에서 그 꿈을 아무런 공간적 제한이 없이 어눌한듯하면
서도 재치 넘치는 짧은 문장들로 묘사한다. 그러나 영화는 그것이 불가능
하다. 스필버그는 화려한 색상의 시각적 이미지로 표현했다. 동화가 구체
적이면서 명징하다면, 영화는 추상적이면서 영롱하다. 글보다는 영상이

가진 제약과 표현의 한계일 수 밖에 없다.

영화 〈마이 리틀 자이언트〉에는 또 스필버그식 창작과 변주가 곳곳에 들어가 있다. 그렇다고 그것이 마냥 원작의 맛을 더 살려준다거나, 원작의 상상력을 뛰어넘거나 깊게 하지는 않는다. 가끔은 동화보다 더 단순하고 얕다. 디즈니 영화란, '아이들을 위한 영화'란 강박이 작용한 것인지도 모른다.

로알드 달의 동화도 꽤 읽기 쉬운 문장으로 이루어져 있다. 발상, 구성, 이야기의 진행, 주제 등도 별나지 않다. 스토리는 단순하고, 메시지는 직설적이다. 그러나 거인의 어눌하고 서툰 말, 스릴이 있으면서도 코믹한 상황 설정 속에 인간에 대한, 인간사회에 대한, 인류문명에 대한, 인간의 가치관에 대한 풍자가 거침없고 깊다.

동화는 처음부터 빠르게 달린다. 고아원에서 생활하는 영국소녀 소피가 스스로 '마법의 시간'이라 부르는 새벽 2시 창문에 나타난 꼬마(그래도 키가 7미터) 거인에게 들켜 거인들이 사는 곳으로 잡혀 가면서 둘은 곧바로 친구가 된다. 그리고 서로 다른 세계(인간과 거인)에 대한 설명과 이해와 오해를 이야기하고는 마음을 합해 큰 거인들이 사람을 잡아먹는 것을 막는다. 그 과정에서 동화는 가장 소중하게 생각하는 꿈의 존재와 소중함, 힘을 오롯이 드러낸다.

세상 어디엔가 우리와 모습은 같지만 크기가 다른 인간, 거인 혹은 소인이 살고 있다는 상상은 인간의 환상과 모험, 호기심과 공포의 산물이기도 하다. 공포심은 거인의 야만성에 기인한다. 그러나 누구도 실제로 만나거나 경험하지 못했기에 그것은 '편견'일 뿐이다. 반면 호기심은 소인들에게 있다. 인간의 모습을 한 그들의 존재 자체와 모든 것이 작지만 우리와 똑같은 그들의 삶에 있다. 인형이 그 비슷한 산물일 것이다. 인간은 이런 상상을 통해 거인에게 가지는 공포를 소인에게 주고, 거인에게 부여한 절대 강자로서의 희열과 존재감을 가진다.

　때문에 인간과 거인의 만남은 일종의 모험이자 위험이고, 소인과의 만남은 환상이자 우월감이다. 조너선 스위프트의 소설 『걸리버 여행기』에서 걸리버는 이 두 세계를 모두 여행했고, 영국 동화작가 메리 노튼의 판타지 소설 『마루 밑 바로우어즈』를 일본 미야자키 하야오의 지브리스튜디오가 애니메이션으로 만든 『마루 밑 아리에티』에서 주인공 소년 쇼우는 엄지손가락만한 소녀 아리에티를 만났다. 〈마이 리틀 자이언트〉의 소녀 소피 역시 거인과의 만남은 공포이고, 모험이다.

　거인이든 소인이든, 인간이 만든 이야기에서 그들과의 만남은 모험이나 호기심으로 끝나지 않는다. 작가는 그런 상상을 통해 인간세상을 비춘다. 인간의 오만과 이기심, 독선과 편견을 풍자하고 비판한다. 〈걸리버 여행기〉에서 소인국 '릴리퍼트'의 인재등용은 18세기 영국 사회를 풍자하고, 거인국에서는 이성적 능력은 있지만 결코 이성적이지 못한 인간의 추악함을 확인시켜준다. 그래서 거인이나 소인과의 만남이 즐겁고 행복하지

만은 않다.

〈마루 밑 아리에티〉의 소년 쇼우는 진심을 다해 돌봐주고 지켜준 아리에티의 가족이 끝내 주전자를 타고 강 건너, 인간의 눈에 띄지 않은 곳으로 떠나는 것을 보고 깨닫는다. 인간이 '사랑'이란 이름으로 얼마나 다른 생명체의 삶을 함부로 판단했는지. 원래 삶의 터전을 잃어버리고 인간이 만들어놓은 울타리에 갇힌 수많은 다른 생명체들에게 인간의 문명, 안전, 행복, 보다 나은 삶은 구속과 파괴일 뿐이다.

이같은 비판은 꼬마 거인이 처음 소피를 데리고 온 이유에서도 나온다. 소피가 거인을 봤기 때문에, 그것을 소문내 사람들이 자신을 잡으러 오게 하기 때문이라고 했다. 인간 세상으로부터 멀리 숨어사는 이유 역시 동물처럼 자신을 큰 우리에 가두어 구경거리로 삼으려 하기 때문이라고 했다. 인간은 유일하게 동족끼리 서로 죽이는 이상한 동물이라고도 비판했다.

거인에 대한 선입견과 잘못된 상식도 들춘다. 유일하게 사람을 잡아먹지 않고, 큰 귀로 세상소리를 다 듣고, 아이들에게 꿈을 꾸게 해주어 소피가 '선꼬거(선량한 꼬마 거인)'라고 부르는 거인은 아이들을 사랑하고, 아이들에게 주기 위해 꿈의 동산에서 온갖 꿈을 채집해 병에 모아놓는다. 소피의 깜찍한 계획으로 식인거인들로부터 아이들을 구하는 데에 쓴 그 꿈이야말로 인간의 희망이라고 말한다. 만약 그 '꿈' 이야기가 없었다면 동화는 물론 영화도 뜬 구름처럼 향기 없는 상상으로 끝났을 뿐, 우리 곁에 살아있는 이야기가 되지 못했을 것이다.

로알드 달은 동화도 글의 예술임을 보여준다. 선꼬거가 아이들에 대한 사랑과 희망을 주는 꿈들을 담은 유리병에 하나하나 써서 붙여놓은 흐뭇하고 감동적인 설명들이 맞춤법은 맞지 않지만 이를 말해준다. 스필버그의 영화는 이를 그대로 옮기지 않고 화려하고 다양한 빛으로 시각화했다. 동화는 꿈이 가진 구체성과 선꼬거의 마음을 담았고, 영화는 그 꿈들의 환상과 느낌을 살렸다.

영화는 선꼬거(마크 라이런스)가 왜 거인인데도 사람을 잡아먹지 않고 혼자만 썩은 냄새가 진동을 하는 '쿵쿵오이'를 먹는지, 식인 거인들이 왜 저마다 좋아하는 인간이 다른지 설명하지 않는다. 거인들이 각 나라 사람을 잡아먹는 별난 이유도, 소피(루비 반힐)와 선꼬거가 영국여왕의 침실까지 가는 과정도 듬성듬성 보여준다. 그런 점에서는 오히려 영화가 동화 같다. 대신 감동을 만들 줄 아는 스필버그답게 과거 한 소년과 선꼬거의 만남과 이별에 대한 아름답고 슬픈 이야기, 소피의 간절한 꿈에 대한 이야기를 집어넣었다. 선꼬거와 소피의 관계도 더 소중하고 애틋하게 꾸몄다.

마지막에도 동화와 영화는 서로 다른 선택을 한다. 동화는 선꼬거가 작가가 되어 지금까지 있었던 이야기를 책으로 쓰면서 인간 세상에, 소피의 이웃으로 살아간다. 엉뚱하고 대담한 로알드 달다운 발상이다. 동화이니까 그래도 된다. 그러나 영화에서 그는 소피와 작별한 후, 거인의 땅으로 돌아간다. 오히려 동화가 말하는 대로 서로의 세계를, 차이를 존중했다. 나와 다른 세계의 삶과 존재방식에 대한 인정이야말로 진정한 사랑이며, 그것이 없다면 어느 한쪽 세계는 결국 무너질 수밖에 없고, 사랑이 아니라 강요나 억압이라고 스필버그는 말하고 싶었던 건지도 모른다.

〈마이 리틀 자이언트〉는 영화로 '그럴 듯하게' 만들기 쉽지 않은 작품이었다. 인물과 설정, 스토리만이 아니라 주변 하나하나까지 모두 상상력을 발휘해 구체화된 시각적 이미지들로 채워야 하기 때문이다. 거인의 땅과 집, 꿈의 동산, 인간과 거인이 함께 등장하는 장면의 자연스러운 표현 등을 로알드 달 만큼이나 독창적인 아이디어와 상상력이 넘치는 스필버그가 아니었다면 만날 수 없었을 것이다. 또한 컴퓨터 합성에도 불구하고 등장인물들이 살아있는 영화로 만날 수 없었을 것이다. 애니메이션이라면 몰라도.

영화 〈마이 리틀 자이언트〉를 보고나서 로알드 달의 제법 두툼한 동화 『내 친구 꼬마 거인』을 읽어보아도 전혀 반복을 느낄 수 없다. 영화의 장면 장면을 떠올리며 스필버그가 얼마나 대단한지 새삼 확인할 수 있는 동시에 로알드 달 또한 얼마나 재미있고, 기발한 작가인지 충분히 느낄 수 있다. 내친김에 또 다른 동화 『찰리와 초콜릿 공장』과 조금 오래(2002년) 되기는 했지만, 팀 버튼 감독의 엉뚱함과 조니 뎁의 명연기가 살아있는 영화 〈찰리와 초콜릿 공장〉까지 읽고, 본다면 금상첨화이다.

엉뚱한 상상력으로 풍자와 익살을 담는 팀 버튼

초콜릿. 먹는 사람에 따라 그 느낌이 다른 묘한 음식이다. 사랑의 맛이 됐다가 이별의 맛이 되기도 하고, 환상의 맛이었다가 쓰라린 현실의 맛이 되기도 한다. 그래서 초콜릿은 처음에는 아이들의 것이 아니었다. 카카오 콩이 원료로 멕시코 원주민들이 음료나 약용으로 쓰던 귀한 물건으로 화폐로도 사용되었다. 15세기 말 아메리카에서 이를 발견한 콜럼버스가 유럽으로 가져왔고, 지금의 달콤 쌉싸름한 밀크 초콜릿은 1876년 스위스의 피터란 사람이 개발했다. 사람을 흥분시키는 테오브로민이라는 카페인과 비슷한 성분이 있지만 강하지 않아 특히 어린이들이 좋아한다.

그 초콜릿의 맛만큼이나 매력적이고 독특한 동화가 〈찰리와 초콜릿 공장〉이다. 1964년에 처음 출판돼 전세계 어린이들의 사랑을 받으며 그 동안 32개국에 번역돼 1,300만권 이상 팔린 이 책에서 초콜릿은 어린이들의 꿈과 환상을 상징한다. 동화는 이렇게 시작한다.

"하루에 두 번, 학교를 오가는 시간에 찰리 버켓은 초콜릿 공장입구를 지나쳐 가야 했다. 그때마다 그는 최대한 천천히 걸어가며 코를 킁킁거리면서, 달콤한 초콜릿 냄새를 흠뻑 들이마시곤 했다. 아~ 그 냄새는 얼마나 황홀한지! 찰리는 공장 안으로 들어가 보고 싶었다. 도대체 이 초콜릿 공장 안은 어떻게 생겼을까."

매일 밤 찰리는 공장 안을 상상하며 잠이 든다. 환상과 호기심. 팀 버튼

출처: 네이버

은 풍성하고 기발한 영상과 소품으로 찰리는 물론 영화를 보는 아이들까지 그것을 마음껏 경험하도록 해준다. 초콜릿 공장과 주인인 월리 웡카의 모습, 공장 안의 갖가지 신기한 장치들과 실제 초콜릿으로 만든 강과 나무들. 그 상상이 만들어낸 환상의 무대에서 팀 버튼은 가족과 동심이란 두 가지 주제를 풍자적 섞어서 소중히 전한다.

미스터리까지 살짝 섞었다. '월리 웡카 공장'은 매일 엄청난 양의 초콜릿을 세계에 공급하는 최고의 초콜릿 공장을 누구도 드나들거나 일하지 않는 비밀공간으로 만들고, 공장의 주인인 월리 웡카(조니 뎁)까지 수수께끼 같은 인물로 설정한다. 그리고는 초콜릿에 들어있는 '황금티켓'을 찾는 어린이 다섯 명에게 공장견학을 시킨다. 그 순간 영화를 보는 세계의 어린이들도 함께 초대한다.

〈찰리와 초콜릿 공장〉의 동심에 대한 풍자는 그 다섯 명의 선택에 있었다. 먹는 것에 대한 욕심이 끝이 없는 독일 먹보소년 아우구스투스, 자기 갖고 싶은 것은 모두 가져야 직성이 풀리는 부잣집 딸 버루나, 무슨 대회든지 나가 우승해야만 직성이 풀리며 '껌 오래 씹기 대회' 출전을 위해 준비 중인 경쟁심으로 똘똘 뭉친 이기적인 소녀 바이올렛, 자신이 얼마나 똑똑한 소년인지 보여주기 위해 안달이 난 비디오게임 중독 소년인 마이크. 마지막으로 공장 옆 다 쓰러져가는 오두막에서 할아버지, 할머니 그리고 엄마, 아빠와 살고 있는 소년 찰리.

결과는 예상대로이다. 가난하지만 착하고 순수하며, 자기 욕심에 앞서 가족을 먼저 생각하고, 그의 가족 역시 비록 어렵게 살지만 서로 따뜻하게 보살피며 화목하게 사는 찰리를 선택한다. 그것을 통해 '가족'의 소중함을 이야기한다. 가족의 소중함은 나중에 냉정하고 기묘한 공장장인 윌리 웡카까지 변화시키는 감동으로 이어진다.

로알드 달은 초콜릿 공장 안에서 자신의 상상력과 판타지를 유감없이 발휘한다. 거대한 초콜릿 폭포가 흐르고, 옆에서는 난장이인 움파 룸파 족들이 거대한 초콜릿 산에서 삽으로 일을 하고 있으며, 나무에는 꽈배기 사탕이 열리고, 바닥에는 설탕 풀이 자라고, 덤불 속에서는 머시멜로우 체리크림이 익고 있다. 그곳에서 찰리를 빼고 나머지 아이들은 윌리 웡카의 경고마저 무시한 채 자신의 욕심, 이기심, 승부욕, 자기자랑의 마음을 드러내다 벌을 받는다.

그 벌도 기상천외하다. 먹보 아우구스투스는 초콜릿 먹는 욕심에 사로잡혀 강에 빠져 기계 속으로 들어가고, 바이올렛은 제품개발실에서 블루베리 맛 껌을 먹고는 온몸이 비치발리볼처럼 부풀어 오르고, 마이크는 개발중인 TV스크린 전자파를 이용한 운반용 발명품을 멋대로 만지다가 자신이 운반용 화물이 되는 비극을 맞고, 뭐든 가져야 하는 버루나 역시 호두를 까는 작업실에서 일하는 다람쥐를 갖겠다고 고집을 부리다 쓰레기장으로 보내진다.

〈찰리와 초콜릿 공장〉은 부모들에게까지 벌을 내림으로써 아이들이 물질적 탐욕과 이기주의에 빠지고, 수단과 방법을 가리지 않고 규칙을 무시하면서까지 남과 경쟁에서 이기면 된다는 생각을 갖게 만든 세상을 날카롭게 비판한다. 그리고는 초콜릿 공장의 주인이 돼 공장에 들어와서 살라는 마지막 제안까지 거부하고 가족과 함께 사는 것을 선택한 찰리와 그 선택이 어린 시절 부모로부터 상처 받은 윌리 윙카의 마음까지 열게 하는 것을 통해 아름다운 가족드라마로 비상한다.

영화 〈찰리와 초콜릿 공장〉은 자기만의 영상시각언어와 아이디어로 동화의 상상력도 구체화함으로써 관객들에게 달콤하면서도, 쓰고, 끝에 가서는 다시 달콤한 초콜릿을 눈으로 듬뿍 맛보게 해준다. 거기에 교훈과 감동까지 얹어서. 팀 버튼만이 할 수 있는 일이다.

66

나도 내 비밀 말할게요. 나도 밤에 돌아다녀요.
외로울 때가 많고 친한 친구도 없어요.
당신도 그렇죠?

99

"

어느 하녀의 일기

99

'일기체 소설', 공격과 풍자의 가장 자유로운 방식

19세기 말, 프랑스의 한 하녀가 일기를 썼다. 그녀는 예사로운 하녀가 아니다. 배운 것은 없지만, 발칙하고 대담하고 거침이 없으며 영악하고 도발적이다. 그리고 무엇보다 문학적이다. 인간과 세상을 보는 그녀의 눈은 날카롭고 노골적이면서도 섬세한 감성을 가지고 있으며, 그것을 기록하는 솜씨 또한 빈틈없다.

당연히 그녀가 쓴 일기의 내용도 단순히 혼자 간직하는 자신의 일상에 대한 기록을 넘어선다. 파리와 시골을 오가며 하녀의 신분으로 보고 만나고 함께 지낸 세기말 타락한 프랑스 부르조아 계층의 구역질나는 탐욕과 부패, 위선과 오만을 적나라하게 고발한다.

역사상 모든 지배계급, 상류사회의 인간들이 그렇듯, 타락의 시작과 끝은 성(性)이다. 성은 사방으로 흐르는 것이어서 남녀구분이 없다. 『어느 하녀의 일기』에 등장하는 귀족들도 예외가 아니다. 그리고 그들의 성적

욕구해소의 대상으로 하녀만큼 만만한 대상이 어디 있을까. 예쁘면 예쁠수록 하녀는 그 유혹과 강압의 손길에서 벗어나기 어렵다.

다른 사람도 아닌 바로 그 '하녀'의 일기다. 많은 부분이 '성'에 대한 이야기일 것이다. 아니나 다를까. 젊은 하녀 셀레스틴은 그들의 징그러운 손길을 때론 과감하게 뿌리치고, 때론 생존을 위해 받아들이면서 그 순간들을 타고난 통찰력과 관찰력, 기억력으로 일기에 썼다. 물론 그녀는 예쁘다.

하녀. 언제 누가 만든 호칭인지 모르지만, 참으로 무섭고도 정확하게 계급과 직업을 동시에 표현하고 있다. 한마디로 한 인간의 존재양식을 송두리째 규정한다. 계급이 낮고, 가정부나 일꾼처럼 돈을 받고 일을 하지만 늘 가난에 시달리며, 주인에 의해 정신과 육체가 무참히 짓밟히고, 성의 노리개가 되기도 하는 여자. 셀레스틴은 '어디를 가든, 무슨 일을 하든, 미리 패배하는 여자, 부자들의 삶의 수확물과 즐거움의 수확물을 키우는 인간비료'라고 했다. 섬뜩하리만치 정확한 비유다.

노예에서 이름만 바뀌었을 뿐, 인간세상에서는 언제 어디서나 하녀가 존재했다. 호칭만 바꾸며 지금도 그 존재를 이어가고 있다. 김기영 감독이 영화에 두 차례나 등장시킨 '가정부' 은심도 산업화시대 우리사회의 하녀였다. 프랑스의 셀레스틴도 은심이와 다를 바 없다. 시대가 다르고 나라가 달라도 하녀는 하녀다. 그것을 외면하면서 "더 이상 노예제도가 존재하지 않는다"고 주장하는 사람들에게 셀레스틴은 이렇게 반박한다. "말도 안 되는 억지다. 하인들이 노예가 아니고 뭐란 말인가. 노예제도가 정신적 비열함, 필연적 타락, 증오를 낳는 반항심을 포함한 것이라면 지금도 분명 존재한다."

'교육을 받은 적이 없어 생각하고 본 것만을 썼다'는 셀레스틴의 일기는 그 비열함, 타락, 반항심의 생생한 기록이다. 때론 상스럽고 거친 그녀의 풍자와 독설은 귀족과 성직자들, 고상한 척하는 작가와 예술가, 위선으로 가득 찬 언론인들만을 향하지 않는다. 그들의 '습관'과 접촉하면서 타락한 하녀들, 직업소개소와 자선기관의 직원에게도 향한다. 또 그것으로부터 예외일 수 없는 자기 자신의 악덕과 문란에 대한 솔직한 고백과 혐오도 숨기지 않는다.

하녀의 '일기'가 아니라, 작가의 '세상 읽기'

엄밀히 말하면 '어느 하녀의 일기'는 셀레스틴의 것이 아니다. 작가 옥타브 미르보의 것이다. 일기 형식을 빌린 모든 소설이 그렇듯, 소설가이자 극작가인 미르보는 셀레스틴의 입으로 자신의 이야기를 하고 있다. 자신만의 내밀한, 혼자만이 간직하고 싶은 기록이 아닌, 많은 사람들이 읽기를 바라는 작가가 쓰는 일기체 소설의 특권은 자유로움이다. 누구에 대한 어떤 이야기든, 설령 그것이 세상과 타인에 대한 무자비한 비난과 공격과 풍자라도 거리낌없이 쓸 수 있다. 실제 인물, 실제 사건도 '일기'란 형식과 소설이란 틀 속에서는 자유롭다. 시대와 인물풍자에 '일기'란 제목을 단 소설이 자주 나오는 이유이기도 하다. 이때의 '일기'는 허구이면서도 가장 정확한 '사실'이다.

더구나 미르보는 언론인이며 예술비평가이기도 했다. 그는 드레퓌스

사건에 휘말려 진보와 보수가 격렬하게 대립하고, 부르조아 계급의 타락
이 절정에 치달았던 19세기말 프랑스 사회를 마음껏 비판하고 싶었을 것
이다. 일기에 등장한, 하녀 셀레스틴에 의해 무참하게 조롱당하고, 발가
벗겨진 사람들 중에는 단지 이름만 살짝 바꾸었을 뿐, 미르보가 실제 만
난 인물들도 많을 것이다. 『어느 하녀의 일기』는 그의 사회 비평집인 셈
이다.

　셀레스틴의 일기는 날짜를 건너뛰어 17일분에 불과해 매일매일 자신의
일상에 대한 기록은 아니지만, 세태와 타인에 대한 길고 긴 관찰과 기록
을 담았다. 셀레스틴이 2년 만에 열 두 번이나 일터를 옮기게 된 것도, 일
기 중간 중간 그 열 두 번을 거치는 동안 만난 사람들과 사건을 회상형식
으로 기록한 것도, 그녀가 고백하듯 '수많은 일터의 내부와 얼굴들, 비열
한 영혼들을 봤다고 자랑스럽게 얘기'하려는 작가의 의도적 설정일 것이
다.

　때문에 하녀 셀레스틴이 만난 사람들은 한없이 까다롭고 인색하고 질
투심 많은 마님, 그녀의 위세에 짓눌려 눈치만 보면서도 틈만 나면 하녀
에게 욕정을 분출하려는 주인 랑레르, 파시스트로 엄청난 배신을 계획하
고 있으면서 순종적인 척하는 마부 조제프, 방탕한 아들을 집에 잡아두기
위해 하녀에게 창녀 역할을 강요하는 귀족 부부, 하녀 출신이면서도 하녀
를 멸시하고 귀족에게는 비굴한 직업소개소 여주인과 하인들, 종교란 이
름으로 하녀들을 착취하는 수녀, 허풍과 기만에 가득 찬 조련사까지 다양
할 수밖에 없다.

　셀레스틴의 손을 빌어 미르보에 의해 발가벗겨진, '저열한 놀이와 외

설스러운 행위를 위해서만 살아가는' 인간들의 모습은 이렇다.

' "향수를 뿌렸음에도 좋은 냄새가 나지 않았다. 존경 받는 가정과 정직한 가족이 덕행의 외관 아래 얼마나 추잡한 언행과 수치스러운 악행, 저열한 범죄를 감출 수 있는지. 부자이어도 소용없고, 비단과 벨벳으로 된 옷을 입고 있어도 소용없다. 은으로 된 욕조에서 몸을 씻고 허세를 부려도 소용없다. 나는 그들을 잘 안다. 그들은 깨끗하지 않다. 그들의 마음은 (남자에게 몸을 팔고 산) 우리 어머니의 침대보다 더럽다."

'외관만 보고 표면적인 형태에만 현혹돼 상류사회가 더럽고 썩었다는 것을 짐작도 못하는 사람들'에게도 일침을 가한다. "나는 그 사회가 오직 저열한 놀이와 외설스러운 행위를 위해서만 살아간다고 말할 수 있다. 사랑을 위대하고 성스럽게 만드는 것들인 고결한 감정, 열렬한 애정, 이상적인 고통과 희생과 동정심이 수반되는 것은 거의 본적이 없다"

19세기 말 프랑스만 그랬겠는가. 지금 우리의 상류사회는 어떤가. 셀레스틴의 염려와 달리 이제는 더이상 외관에 현혹되지 않는다.

가슴까지 시원하게 해주지 못한 자코 감독의 풍자

이런 자유롭고 통쾌하고 자극적이면서, 현재성까지 가진 이야기를 영화 거장들이 지나칠 리가 없다. 1946년에는 장 르누아르가, 1964년에는 루이 브뉘엘이 영화화했다. 그리고 50년이 지나서 브누아 자코 감독이 레아 세이두를 주연으로 세 번째 영화로 만들어 내놓았다. 앞의 개성 넘치는 두 감독이 자신의 스타일로 변주를 시도한 것과 달리 자코 감독의

〈어느 하녀의 일기〉는 소설에서 벗어나지 않으려 했다. 그렇다고 '벗어나지 않았다'가 곧 '충실했다'는 의미는 아니다.

소설 『어느 하녀의 일기』는 비록 짧은 날들의 기록이지만 현재의 일상과 심리의 꼼꼼한 묘사에만 매달리지 않고, 과거 회상을 삽입을 통해 에피소드의 생동감과 풍자의 깊이와 폭을 더했다. 그뿐 만이 아니다. 날 선 악덕의 풍자만을 담지 않고, 친절한 설명과 시간 할애로 '결국 어디를 가든, 무슨 일을 하든, 미리 패배하는' 나(하녀) 같은 인간들의 슬프고 아픈 인생과 그들에 대한 연민까지 들여다보는 것도 잊지 않았다. 주인공의 짧은 행로에 기승전결도 완벽하게 부여했다.

그러나 자코 감독의 영화는 그것들을 모두 챙기지 못했다. 풍자 대상으로 큰 비중을 차지하는 남자주인인 랑베르가 어떤 사람인지 관객들은 자세히 알 수 없고, 셀레스틴의 가족사도 알지 못하고, 종교적인 문제가 마음에 걸려서인지 수녀원에서의 그녀의 생활도 빠져버렸다. 소설의 가장 안타깝고 따뜻한 부분으로 셀레스틴이 가장 마음 아파했던, 어쩌면 여기저기에서 수없이 반복한 귀족들의 온갖 악덕과 비인간성에 대한 그 어떤 풍자보다 더 많은 느낌과 은유를 담고 있는 정원사 부부 이야기까지 외면했다.

그 결과, 레아 세이두의 매력적인 이미지와 다채로운 변신에도 불구하고 불친절하고, 특별한 감동의 순간이 없고, 이따금 감정이입이 툭툭 끊기는 영화가 되고 말았다. 마부인 조제프(뱅상 랭동)의 정치적 성향도, 그의 매력에 빠져 함께 살게 된 셀레스틴의 선택도, 그것을 위해 주인집 보물을 모두 훔쳐 달아나는 엄청난 반전도 설명부족으로 매끄럽게 연결되지 못했다. 영화가 가진 서사구조와도 상관없다. 오히려 소설의 그것들을 제대로 따랐다면 영화 역시 더 풍요로웠을 것이다.

풍자가 이마만 치게 해서는 안 된다. 가슴까지 치게 만들어야 여운이 오래간다. 96분이란 짧은 시간으로는 주인공이 만난 사람들의 에피소드와 역사까지 모두 담기가 불가능했을지도 모른다. 그렇다면 차라리 생각과 방식을 바꾸는 것이 옳았다. 소설에 더욱 충실해 처음부터 일기를 쓴 날짜별로 이야기를 끊어가든지, 아예 일기란 형식과 회상식 서술에서 과감히 벗어나 시간의 흐름을 따라 극을 이어가든지. 방법은 얼마든지 있었다.

영화에 대한 이같은 느낌과 비판도 루이 브뉘엘의 작품 때까지는 아예 불가능했다. 혹시 프랑스어판을 읽은 사람이라면 몰라도. 그때까지도 국내에 소설 〈어느 하녀의 일기〉가 나오지 않았으니까. 거장이 만든 영화의 원작이라면 소개하지 않은 경우가 거의 없고, 영화를 떠나 웬만한 외국 유명소설은 잽싸게 출간하는 것을 생각하면, 〈어느 하녀의 일기〉의 경우 세 번째 영화를 개봉하고 나서야 겨우 원작이 소개된 것은 아이러니다. 제목이 주는 묘한 호기심과 자극에 이끌려서라도 벌써 나왔어야 할 작품이다.

그 이유가 소설로서의 상업성이나 가치가 없어서는 결코 아닐 것이다. 아마 겁 없이 독설을 마구 내뱉은 프랑스 한 하녀에게 지레 겁을 먹거나 눈과 귀를 막고 싶어하는 사람들이 많았기 때문은 아니었는지, 짐작만 해볼 뿐이다. 하기는 세상 어느 곳에도 하녀 셀레스틴이 일기장에서 만난 '사람들'은 있으니까.

"

역린

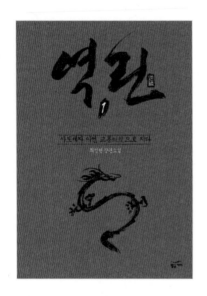

"

작은 일에도 정성을 다하지 않으면

〈역린〉은 반대다. 시간 순서로는. 보통은 소설이 먼저이고, 영화가 나중이다. 더구나 원작이 있는 영화의 경우는. 아무리 시나리오가 뛰어나고, 영화가 흥행에 성공해도 뒤에 그것으로 소설을 쓰기는 쉽지 않다. 서사의 구조가 달라서가 아니다. 영화의 영상 스토리텔링을 그대로 따라가면 소설은 빈약하고 싱겁고 단조롭기 짝이 없다. 소설은 영상으로 표현한 이미지나 상상을 새롭고 구체적인 언어의 서술로 풍성하게 만들고, 플롯도 영화보다 훨씬 자유로워야 한다. 설령, 그렇더라도 영화보다 먼저인소설도 그런데 영화 뒤에 나온 소설로 돌아가는 사람은 많지 않다.

〈역린〉은 그 시차가 불과 일주일이지만, 영화가 먼저 나오고 소설이 나왔다. 시나리오를 쓰고, 영화를 만들기까지의 긴 시간을 감안하면 영화가 한참 먼저라고 할 수 있다. 역으로 소설로 구상하고 집필하는 시간을 감안하면, 그 반대일 수도 있다. 작가 최성현에게 물어보지 않았으니, 영화가 개봉되기까지 일부러 소설을 써놓고는 출간을 늦추었는지, 시나리오를 쓰면서 소설 쓸 욕심이 생겼는지, '원 소스 멀티 유즈'로 둘을 동시에 진행했는지 정확히 알 수는 없다.

소설 『역린』은 두 권이고, 영화는 두 권 째인 절반만으로 만들었으니, 시작은 소설이 먼저일 것이라는 추측은 가능하다. 물론 최성현은 과거 몇 차례 드라마 대본을 써본 적이 있으니, 처음부터 '영화'를 생각하면서 소설을 썼을 수도 있다. 어느 쪽이 맞느냐는 중요하지 않다. 관심도 없다. 다만 최성현에게 "앞으로는 시나리오보다는 소설을 쓰라"고 말하고 싶다.

날카롭게 파고드는 소설 『역린』의 문장들

〈역린〉만 놓고 보면 시나리오보다 소설이 훨씬 좋다. 시나리오대로 다 표현하지 못하는 것이 영화이며, 영화는 궁극적으로 감독에 의해 그 완성도가 좌우되는 예술이라는 점을 충분히 감안하더라도 이 충고는 바뀌지 않을 것이다. 당신이 뭔데 이래라 저래라 하느냐. 유명작가도 아닌데 소설만 써서 어떻게 밥 먹고 살란 말이냐고 반박하면 할 말은 없다. 누가 남의 삶에 함부로 간섭하고 책임질 수 있으랴. 더구나 드라마와 만화, 소설을 자유자재로 넘나들고 있는 최성현이란 작가를 잘 알지도 못하면서.

다만 그의 작품들로 추측컨대, 이 재주 많은 젊은 이야기꾼은 자신이 하고 싶은 이야기 만들기에 능하고 치밀하며, 게다가 자신의 이야기를 갖가지 그릇에 담을 줄도 아는 듯하다. 그릇에 상관없이 이야기에 힘도 있고, 매력도 있다. 굳이 따지자면 그 힘과 매력이 아무래도 영화(시나리오)나 만화보다는 소설에서 더 빛을 발한다는 것이다. 〈역린〉을 보면 숨길 수 없다. 소설이 먼저라면, 이미 수많은 작가들이 훑고 지나간 진부한 재료를 독특한 틀과 짧고 간결한 문장, 매력 넘치는 주변 인물들, 절제된 기교와 감정으로 새롭고 짜릿한 이야기로 만든 것이 예사롭지 않다.

시나리오가 먼저라면 더 더욱 놀랍다. 영화로 만들어진, 소설 『역린』의 2권만 놓고 봐도 영화(시나리오)보다 훨씬 뛰어나다. 영화에서 보여주는 영상의 칼날보다 소설이 보여주는 문장의 예리함과 긴장감, 울림이 더 깊다. 짜임새도 마찬가지다. 소설가 김훈을 연상시키는 그의 문장은 말하는 자의 마음을 조금의 망설임이나 숨김없이 드러내고, 듣는 자와 읽는 자에게 정확하게 파고든다. 언어적 서사로는 소설보다 단조로울 수밖에 없는 시나리오를 가지고 이렇게 풍부한 상상력과 지식, 치밀한 자기 색깔을 가진 소설로 변형시켰다면 정말 대단한 작가이다.

그의 문장은 뜸을 들이지 않는다. 짧은 일격으로 나무를 자르듯, 첫 문장에서부터 곧장 날카롭게 사건과 인물 속으로 파고든다. 소설의 첫 머리부터 그렇다. 사도세자 이선의 죽음을 그린 1권 〈교룡으로 지다〉는 '강은 사납고 위태로웠다'로 시작한다. 그 강이 무엇을 의미하는지는 다음 페이지를 넘기면 바로 드러난다.

영화 〈역린〉으로 만들어진, 2권인 〈왕의 분노〉의 제1장도 마찬가지다. '비가 내린다. 애간장을 닳도록, 소원하는 비가 내린다'이다.

배경으로는 너무나 간결하면서도 분명하고, 느낌으로는 곧 새로운 일이 일어날 것만 같다. 그리고 그 기대를 저버리지 않고, 소설은 시간을 잘게 쪼개고는, 그 사이를 날렵하게 비집고 들어가 '우리가 알고 있는 역사와 상상'을 새로운 감각과 자극으로 받아들이게 만든다.

그러나, 이재규 감독의 영화 〈역린〉에서는 정조가 능수능란하게 다뤄 한 치의 어긋남도 없이 상대를 일격에 쓰러뜨리는 작지만 날카롭고 정확하고 빠른 '애기살'이 보이지 않는다. 불안해서 여러 개의 화살을 쏘듯, 이야기와 인물들이 하나로 모이지 않는다. 정조(현빈)이다 싶어 그를 따라가려 마음먹으면, 영화는 눈길을 갑수(정재영)와 을수(조정석)의 피보다 진한 우애로 돌려버린다. 그 시선의 오락가락으로 집중도 흩트려지고, 시위도 흔들린다.

역사를 다시 들여다보는 이유는 그것이 사실이든, 상상이 가미된 것이든 하나다. 역사의 존재가치인 교훈이다. 〈역린〉 역시 영화도, 소설도 하고 싶은 이야기는 같다. 정조의 하명을 받은 내시 갑수가 경연에 참가한 노론의 대신들 앞에서 그들에게 망신을 주며 장황하게 암송한 〈중용〉의 스물세 번째 장이다.

'작은 일도 무시하지 않고 최선을 다해야 한다. 작은 일에도 최선을 다하면 정성스럽게 된다. 정성스럽게 되면 이내 겉에 배어 나오고, 겉에 배어나오면 이내 겉으로 드러나고, 겉으로 드러나면 이내 밝아지고, 밝아지면 이내 남을 감동시키고, 남을 감동시키면 이내 변하게 되고, 변하면 이내 생육된다. 그러니 오직 세상에서 지극히 정성을 다하는 사람만이 만물을 생육시킬 수 있는 것이다.'

영화도 한 과녁에 화살을 집중했어야

영조와 사도세자와 정조. 조선 왕조에서 이들 3대의 이야기 보다 극적이고, 흥미롭고, 가슴 아프고, 화수분처럼 무궁무진한 상상력을 갖고 있고, 또 역사성을 가진 것도 없다. 그 속에는 크게는 조선왕조, 작게는 이금(영조) 일가의 파란과 굴곡, 비극과 희망이 어떤 소설보다 극적으로 담겨 있다. 그리고 그 극적인 이야기는 과거가 아니라 현재이다. 역사가 단순히 지난 일이 아니라 현재를 비추는 거울이라면, 이들 3대의 이야기야말로 지금도 살아있어야 마땅하다. 350년이 지난 우리의 역사는 아직도 그들의 이야기를 들어야 하고, 그들의 존재를 기억해야 하는 반복을 거듭하고 있으니까.

그래서 이들의 이야기는 소설에서, 영화에서, 드라마에서 시대의 흐름에 따라 모양과 색깔과 상상을 달리하면서 쉼 없이 반복된다. 어떤 소설은 영조의 탕평책을, 어떤 영화는 사도세자의 비극적 죽음을, 어떤 드라마는 정조의 좌절한 개혁에 눈을 맞춘다. 심지어 이준익 감독은 〈사도〉를 통해 영조와 사도세자를 비록 권력의 정점에 있지만 아버지와 아들이란 운명적인 가족관계로 접근했다.

역사란 그런 것이다. 역사는 과거의 기록이 아니라, 그 기록에 상상력과 새로운 시선과 해석을 더해 '현재'가 된다. 그 시선과 해석에 따라 인물과 사건의 존재가치와 명암도 달라진다. 이들 3대의 이야기도 마찬가지다. 정조를 매력적인 인물로 만든 것은 우리들이다. 지금의 세상이 탁하다고 느끼면 느낄수록 그의 짧은 삶이 더 안타깝고, 그의 아버지 사도세자의 죽음 또한 가슴 아픈 정치적 희생으로 다가올 수밖에 없다.

세계 역사에서도 사도세자의 죽음만큼 기이한 것도 드물다. 일국의 왕자를 나무 상자인 뒤주에 가두어 죽였다. 뒤주는 곡식을 보관하는 곳이다. 곡식은 생명을 의미한다. 생명을 위한 쌀이 들어있는 곳에서 장차 국왕이 될 세자가 강제로 갇혀 굶어 죽었다. 그것도 다른 사람이 아닌 아버지(영조)에 의해. 권력투쟁도 아니다. 그렇게 하지도 않았지만, 설령 사도세자가 노골적으로 왕의 자리를 탐했더라도, 영조가 노론의 기세에 눌려 자신의 존재마저 위협받는 상황이었다 하더라도 불가사의한 사건이다.

아무 것도 볼 수 없는 암흑의 좁은 공간, 아무 것도 없는 텅 빈 공간에 8일을 버티다 시체가 된 아들. 그는 그 긴 시간 어떤 생각을 했으며, 그렇게 아들을 죽인 아비는 그 길고 긴 시간 어떤 마음이었을까. 아비가 선택한 것은 무엇이고, 아들이 받아들인 것은 무엇인가. 아비가 미친 건가, 아들이 미친 건가. 역사가 남긴 짧은 기록, 영조가 남긴 짧은 고백으로는 그 진실을 알 길이 없다.

역사는 이들의 통곡과 피맺힌 절규, 원망과 죄책감, 혼란과 광기를 절대 기록하지 못한다. 그것은 아비와 아들의 가슴 속에 들어있고, 땅 속에 묻혔다. 그나마 그것들을 다시 불러낼 수 있는 것이 소설이고, 영화이고, 드라마다. 거기에 얼마든지 상상력이 스며들어도 상관없다. 소설과 영화는 언제든 상상력으로 역사를 다시 쓸 수 있으니까. 그래도 영조와 사도세자, 정조 3대의 이야기는 진부하다. 아무리 영화와 소설은 상상이라고 해도 그 역시 어디까지나 역사적 기록에 발을 디딘 채 새로운 세상으로 날아가야 하기 때문이다.

〈역린〉이 선택한 것은 딱 '하루'다. 영조가 죽고 정조가 왕에 오른 뒤

1년이 지난 어느 하루. 바로 노론에 의해 정조의 암살시도가 있었던 그 하루를 시간 단위로 잘개 쪼개, 죽이려는 자(을수)와 죽음을 피하려는 자(정조), 죽이는 자의 편에 선 사람들(정순왕후, 광백, 안국래, 고수애)과 죽음을 막으려는 편에 선 사람들(홍국영, 갑수, 혜경궁)의 이야기를 팽팽하고 숨 가쁘게 펼쳐간다. 잠시도 머뭇거릴 틈이 없다. 그래서 소설 『역린』은 긴 창이나 칼로 휘두르진 않고 애기살처럼 간결하고 짧은 문장으로 곧바로 찔러 들어갔다.

그 위태롭고 위험한 죽음의 시간 속에서 『역린』이 지키고자 한 것은 '생명'이다. 사도세자도, 정조도, 그리고 먼 훗날 정조를 암살하려고 어린 시절 내시가 되어 어궁(御宮)에 들어온 갑수도 누군가를 살리고 싶어 한다. 살인병기가 된 갑수의 동생 을수 역시 나인인 월혜를, 월혜는 어린 궁녀 복빙을 살리고 싶어 한다. 갑수가 마음을 돌려 정조의 목숨을 지키는 충신이 된 것도, 마지막에 자신의 몸으로 을수의 칼을 막아 정조를 살린 것도 이 세상에 생명보다 소중한 것은 없기 때문이다.

그래서 『역린』은 『중용』을 빌어 '사람은 누구나 높낮이 없이 작은 것에도 정성을 다해야 한다'고 강조하고 있다. 그것이 때론 누군가의 목숨을 살릴 수 있기 때문이다. 그렇게 하지 않았을 때 '세월호 침몰'처럼 현실은 비극이 되고, 그 현실이 지나가서 만든 역사 앞에 우리는 부끄러운 존재가 된다.

"

전설의 주먹

"

'상투'가 아닌, '원형' 이어야한다

하늘 아래 새로운 것이란 없다. 영화도 마찬가지다. 모습과 형식에서 기존의 것을 조금 비틀고, 다른 시각으로 해석하고 표현하지만 궁극적으로 얘기하고자 하는 것은 뻔하다. 문화와 예술이 그렇다. 더구나 영화는 대중예술이다. 대중의 정서와 인류의 보편적 가치를 배반할 수 없다.

관객이 영화에 바라는 것은 무엇일까. 반전은 원하지만 배반이나 전복은 아니다. 25년전 한 영화평론가는 장 르느와르, 타르코프스키 등 유럽과 러시아 영화감독들을 소개하면서 '가치의 전복자들'이란 수식어를 붙이기도 했지만, 그들의 전복은 부조리에 대한 것이었고, 억제당하고 있는 인간다움에 대한 날카로운 폭발이었다.

영화에서 관객은 인간의 보편적 가치를 확인하고 싶어 한다. 그것이 짓눌려 있으면 있을수록, 타인의 삶과 이야기 속의 그것을 통해 나를 비추고, 내 아픔과 슬픔을 치유해줄 카타르시스와 판타지를 찾는다. 거기에는 공감이 있어야 한다. 공감은 어디서 오는가. 타인에 대한 이해와 연민, 소통에서 온다. 그래서 대중적인 영화는 '뻔해야' 한다. 뻔하지 않으면 불편하다. 불편하면 감정이입이 되지 않는다.

그렇다고 영화가 소재와 플롯, 스토리와 주인공의 성격까지 모두 비슷해야 된다는 것은 아니다. '뻔하다'고 하는 것에는 두 가지 의미가 있다. 미국 영화학자 로보트 맥기는 〈시나리오 어떻게 쓸 것인가〉에서 그것을 '상투'와 '원형'으로 나눴다. '상투'란 내용이 협소하고, 그 내용을 특수한 문화적 경험으로 제한한 후 낡고 몰개성적인 일반성으로 포장한 것이다. 내용이 빈곤하고 형식이 관습적일 수밖에 없다. 누구나 익히 알고 있는 이야기와 세계로 우리가 말하는 '뻔하다'는 여기에 속한다. 인물, 사건, 구성, 결론이 정형화된 수많은 아류작들이 그렇다.

'뻔하다'에는 부정적인 의미만 있는 것은 아니다. '원형'은 반대로 현실의 구체성으로부터 보편적인 인간경험을 들어 올린 후, 그 내부를 개성적이고 독특한 문화적 특성을 담아 표현한다. 상투성을 배제하고 우리가 모르는 세계를 여행하면서, 우리 자신의 인간성을 발견하게 하고, 현실을 조명해주며, 가공의 현실에서 살아보게 만든다. 이런 '뻔한' 원형을 영화가 가지고 있을 때 관객들은 공감한다. 목표는 '상투'와 같을지 몰라도, 가는 길이 다르고, 자기만의 색깔을 가지고 있기에 새로운 느낌과 재미를 준다.

『전설의 주먹』의 '상투'

『전설의 주먹』은 이종규 글과 이윤균 그림의 웹툰이다. 이를 강우석 감독이 영화로 만들었다. 만화의 영화화가 두 번째이니 어쩔 수 없이 첫 작품 〈이끼〉와의 차이를 비교할 수밖에 없다. 원작을 보면, 『이끼』는 만화의 특성인 상징과 과장과 은유가 독특한 이미지로 표현된 수작이다. 캐릭터도, 사건도, 메시지도 굉장히 사회적이면서 날카롭다. 그것이 스릴러란 그릇에 담겨 매력을 풍겼다. 〈전설의 주먹〉도 과장과 은유가 넘쳐난다. 그것이 현실에 발을 딛고 있어 '어둡다'는 공통점도 있다. 학교에서의 물리적 폭력, 그것이 그대로 이어지는 끔찍하고 무서운 사회에서의 다양한 폭력도 억압에 대한 비판과 풍자도 있지만, 어디선가 많이 본 것들이다.

결정적 차이는 언어다. 『전설의 주먹』의 글과 그림에는 새로운 언어들이 보이지 않는다. 영화를 통해 아니면, 다른 만화(웹툰)를 통해 이미 읽었고 의미를 잡아낸 언어들이다. 예나 지금이나 학교는 살벌하고, 미디어는 오로지 자기 잇속만 챙기고, 세상은 가난하고 못 배운 자들에게는 팍팍하며, 꿈을 잃어버린 중년남성의 삶은 고달프다. 과장이긴 하지만 나의 현실이고, 추억이고, 욕망이며, 경험일 수 있지만, 그렇다고 그런 모습과 외침을 반복한다고 공감이 커지는 것은 아니다.

고교시절 유명한 세 싸움꾼의 이야기인 〈전설의 주먹〉에서 영화가 직업이나 이름을 살짝 바꾼 것은 중요하지도, '현실의 구체성'도 아니다. 영화의 설정대로 말한다면 임덕규(황정민)는 아마추어 복싱 국가대표로 올림픽에서 메달을 따는 것이 꿈이었고, 이상훈(유준상)은 발차기가 명수로 아버지 때문에 어쩔 수 없이 재벌 2세인 급우 손진호(정웅인)의 뒤치다꺼리나 해주는 같은 학교 친구다. 그리고 신재석(윤제문)은 우연히 그들과 싸움으로 우정을 쌓게 된 이웃학교의 '짱'이다.

이들이 다시 만난 것은 25년이 흐른 뒤, 어느 날 어느 케이블채널의 격투기 쇼 프로그램에서다. 인물의 배경 설정이 관계와 사건을 엮어가고, 주제와도 밀접한 관련이 있다는 점에서 당연하다. 영화는 흔히 이를 '운명적'이라는 틀을 통해 만든다. 공교롭게도 중년이 된 그들의 삶은 모두 초라하고, 어긋나 있다. 그리고 각자 격투기 쇼에 나와야 할 이유를 갖고 있다.

사고로 아내를 잃고 혼자 국숫집을 운영하는 덕규는 여고생인 딸이 학교에서 왕따를 견디다 못해 폭력을 휘두르는 바람에 보상비가 필요하다. 조직폭력배 두목의 유혹에 넘어가 고교시절 살인을 저지르고 소년원에 갔다 온 재석은 지금도 그 두목 밑에서 삼류건달로 살고 있다. 아내와 아이를 외국에 보낸 기러기 아빠 상훈의 인생도 달라지지 않았다. 장소만 학교에서 회사로 바뀌었을 뿐, 아버지의 기업을 이어받은 고교 급우의 온갖 치다꺼리를 맡아 하고 있다. 유학비 때문에 말이 부장이지 하인이나 다름없는 삶을 살고 있다.

영화는 이런 그들이 다시 만나서 싸움 한판을 벌이게 해준다. 그 이유가 학창시절 꾸었던 꿈일 수도 있고, 당장 절박한 돈 때문일 수도 있으며, 꿈이 좌절된 초라한 현실에 대한 울분일 수도 있다. 어느 것이든 중년의 그들이 휘두르는 주먹과 발길질에는 추억과 연민이 스며있을 것이다. 그들이 일상과 현실의 굴레에서 과감히 탈출해 정글 같은 링에서 맨몸으로 맞붙을 때 통쾌한 카타르시스가 뿜어져 나올 것이다. 그러나 영화 〈전설

의 주먹〉은 그 연민도, 카타르시스도 실패했다. 운명이란 뻔함이 '개성적
이고 독특한 문화적 특성'을 담은 원형이 아닌 작위적이고 삶을 깊이 투
영한 것이 아니기 때문이다.

강함만을 고집한 영화의 불편함

영화 〈전설의 주먹〉에는 두 가지 '뻔하다'가 상존한다. 하나는 강우석
이고, 또 하나는 원작이다. 그의 모든 영화가 그렇듯 강우석의 풍자와 웃
음, 감동은 직설적이다. 곧바로 내뻗는 스트레이트 주먹처럼 그의 영화는
단조롭지만 강하고 힘이 있다. 주먹을 뻗는 타이밍도 절묘하다. 세상 사
람들이 용기가 없어 주저하거나, 우물쭈물하다 미처 행동에 옮기기 전에
그는 한발 앞서 영화로 내디딘다. 그런 점에서 강우석의 영화는 굉장히
사회적이고 대중적이다. 그리고 그런 자기만의 방식과 감각으로 강우석
은 성공했다. 〈실미도〉가 그랬고, 〈공공의 적〉도 그랬다.

그러나 단조로움과 강함은 그만큼의 실패도 안겨주었다. 〈생과부 위자
료청구소송〉, 〈한반도〉가 말해주고 있다. 용기와 타이밍은 좋았지만, 시
의성에 대한 지나친 과신과 오로지 사회적 소재와 직설적 풍자에만 매달
린 결과이다. 오히려 자신에게 익숙하지 않아 두렵게 여겼고, 그래서 더
욱 조심한 스릴러 〈이끼〉가 강우석에게 새로운 영역의 영화세계로 나아
가게 해준 것은 아이러니다.

〈전설의 주먹〉역시 사회와 관객심리를 읽은 그의 타고난 감각과 타이
밍으로 만들어낸 작품이다. 초라한 중년의 꿈과 우정과 삶을 이야기할 때

는 지금이며, 그것을 액션의 카타르시스를 동반한 원시성이 질펀한 주먹으로 하면 성공할 것이다. 그러나 〈전설의 주먹〉은 만화로도, 영화로도 매력적인 소재가 아니다. 학창시절의 주먹질과 패싸움의 우정은 이미 〈말죽거리 잔혹사〉, 〈친구〉가 '원형'의 전설로 남았고, 중년들의 꿈의 부활도 〈즐거운 인생〉이 이미 거쳐 갔다.

같은 우정, 꿈이라도 강하고 과감한 강우석이 하면 다르다? 〈전설의 주먹〉은 역으로 강함보다 부드러움, 직설보다는 은유와 상징이 필요했다. 원작의 이미지도 강하고, 소재(격투기)도 강하기 때문에 강함에 강함이 더하면 감정도 굳어져 버리기 때문이다. 그것을 알면서도 〈전설의 주먹〉은 강함만을 고집했다. 강우석 감독만이 가진 고질적 '상투'이고 '운명'이기도 하다. 그 운명이 얼마나 영화를 짓눌렀는가 하면, 심지어 격투기 장면을 중계하는 사회자와 해설자의 캐릭터와 풍자조차 웃음을 잃고 말았다. 〈투캅스〉에서 보여주었던 개성 넘치는 유머 감각이 살아있는 기발한 풍자가 언제부터인가 그의 영화에서 사라졌다.

극과 영상의 구성 또한 원작만큼이나 상투적이다. 격투기 무대와 진행, 분위기는 케이블 TV의 것을 요란하게 그대로 옮겨놓았고, 극의 구성과 전개과정 역시 오디션 서바이벌 프로그램과 다른 것이 없다. 승부조작을 위한 음모의 과정과 결정적인 순간에 그것을 멋지게 망가뜨리는 임덕규와 신재석의 반전 또한 관객들이 익히 알고 있는 방식이다. 그래서 마지막 임덕규와 딸의 화해, 그리고 세 친구의 우정의 재결합도 감동적이지 않다.

풍자 또한 뻔한 휴머니즘만큼이나 불편하다. 방송의 선정주의, 시청률을 위해 수단과 방법을 가리지 않는 미디어의 속성을 드러내기 위해 쇼프로그램의 여성PD까지 차갑고 딱딱한 이미지로만 밀고 갔다. 모 재벌 총수를 풍자한 듯한 야구방망이로 부하 직원 때리는 장면이나 재벌의 노조에 대한 노골적인 반감, 광고로 신문사 편집국장을 협박해 기사를 빼는 장면도 풍자라기보다는 단순하고 직설적인 비판이다.

만화와 영화는 다르다. 만화는 사진처럼 그림 한 장으로 추억을 불러내기도 하고, 과장되고 직설적인 풍자도 생략과 상상으로 이어져 유머가 될 수 있다. 그러나 영화는 그 풍자와 생략과 상상을 '보편적 인간경험'의 살아있는, 구체적 모습으로 끌어올려야 한다. 〈전설의 주먹〉은 그것을 놓쳤다. 전설은 쉽게 만들어지지 않는다.

걸리버 여행기

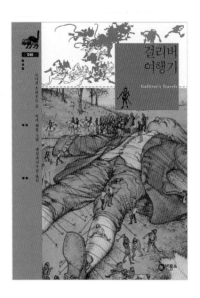

"

영화는 '부분'일 뿐이다

〈걸리버 여행기〉에 관한 어이없는 착각 3가지! 하나는 사실 읽지 않았는데 읽은 적이 있다고 생각한다. 그것도 어릴 적에. 두 번째는 내용을 정확히 모르면서, 아니면 아주 일부만 알고 있으면서 마치 다 안다고 믿는다. 그리고 마지막은 〈걸리버 여행기〉는 어린이들을 위한 동화다.

이런 소설이 어디 한 둘인가. 〈어린왕자〉와 〈톰 소여의 모험〉이 그렇다. 장발장이 주인공인 〈레 미제라블〉도 비슷하다. 너무 유명해서. 아이들 책장에 꽂힌 동화나 만화 전집에서 너무나 자주 봐서 친숙하기 때문에. 아니면 여기저기 심심하면 한번쯤 얘기를 비틀거나 분위기를 바꾸어 만든 애니메이션과 영화 중 적어도 한 편은 봤기 때문에. 그것도 아니면 어린 시절 누구나 이런 동화쯤은 읽었을 것이란 사회적 인식 때문에 자신을 속이고 있거나.

부끄럽지만 나 역시 그 '착각'의 한 사람이다. 1960년대 가난한 시골

아이에게는 교과서 말고 다른 책을 구경할 수 없었다. 오죽하면 농민을 위한 〈새 농민〉이란 월간잡지에 실린, 어른들을 위한 시나 소설을 이해하지도 못하면서 오려서 공책에 붙여놓고 읽었을까. 어쩌다 부잣집 친구 집에 가면 책장에 세계명작이 있었다. 그러나 부러운 눈으로 구경만 할 뿐, 직접 읽어본다는 것은 '먼 나라 이야기'였다. 대학생이 되어서야 비로소 그것들을 다시 만날 수 있었지만, 책이란 것도 다 읽을 때가 있다. 그냥 '교양' 정도로 간추린 내용만 기억하고는 읽은 셈치고 지나갔다.

동화가 아닌 통렬한 정치사회소설

〈걸리버 여행기〉로 한정해서 이야기 해보자. 하나는 '웅진비주얼 세계명작 시리즈'의 하나로 64쪽 짜리이고, 또 하나는 문학수첩이 완역본이라고 자랑하며 펴낸 400쪽 가까운 두 권이다. 완역본이 주장하는 〈걸리버 여행기〉는 요약하면 이렇다. '동화가 아니다. 조너선 스위프트가 감옥에 갇힐 각오로 펴낸 정치사회소설이다. 이를 평론가들이 멋대로 빼고 고치고 해서 동화책으로 만들었다. 원본이 길고, 복잡하고, 깊다.'

이 주장대로라면, 우리가 알고 있는 〈걸리버 여행기〉는 환상과 모험이 가득한 동화라는 얘기이다. 솔직히 우리는 〈이상한 나라, 엘리스〉와 사촌쯤 되며 주인공 걸리버가 소인국과 거인국에서 겪는 신기하고, 낯선 경험이 〈걸리버 여행기〉의 전부로 알고 있다. 지금까지 나온 책들이 그렇게 만들었다. 그것으로도 충분히 동화로서의 존재가치와 목적은 달성되니까. 그리고 그 동화를 가지고 참 많은 영화, 감독에 따라 장르도 다른 영화가 만들어졌다.

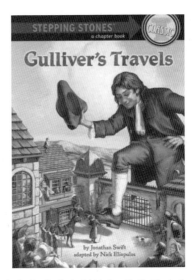

　동화적 상상력은 무시하고 아예 오락물로 나선 롭 레터맨 감독의 영화 〈걸리버 여행기〉도 마찬가지다. 우리의 '착각'의 범주를 벗어나지 않았다. 뉴욕신문사 우편실 말단직원 걸리버(잭 블랙)는 소인국과 거인국에만 간다. 비틀스 음악, 영화 〈타이타닉〉과 〈아바타〉까지 패러디 하면서 새로운 세계로의 모험은 하지 않고 대신 소심하고, 열등감 투성이인 걸리버의 자신감 회복을 위해 한바탕 '쇼'를 펼친다.

　이런 선택을 탓할 수는 없다. 처음부터 영화는 걸리버가 여행을 통해, 여행지의 모습과 그곳의 삶과 사회와 사건을 통해 스위프트가 말하고자 한 원작의 주제나 구성에는 관심이 없으니까. 걸리버가 어떻게, 왜, 그곳에 가게 됐는지에 대한 이유가 다른 것은 접어두자. 소인국인 릴리퍼트의 어이없는 사회제도가 당시 18세기 영국을 풍자하고, 대범하고 스케일이 큰 거인국의 존재가 스위프트 자신의 조국인 아일랜드를 상징한다는 것에도 영화는 관심 없다. 관객들도 동화라고 생각해 그런 것들은 관심없으니까. 그러니 소설이 가진 사회성이야 말해 무엇 하랴.

　그보다는 훨씬 대중성과 상업성 있는 지극히 걸리버의 개인적 콤플렉스 극복기와 주변인물의 사랑 이야기에 집중했다. 개그맨 뺨치는 걸리버의 허풍과 그 속에 숨은 비애, 매리 공주와 그녀의 약혼자로 릴리퍼트의 실세인 에드워드 장군과 평민 호레이쇼의 삼각관계, 호레이쇼를 동정하면서 자연스럽게 생긴 여인 달시와의 사랑이면 충분하고 행복하다. 인간의 오만, 이성적 능력은 있는 동물이지만 결코 이성적이지 않은 인간에 대한 혐오와 분노까지 드러낼 이유가 없다. 할리우드 가족오락영화에 무엇을 더 바라겠는가.

소설로 꼭 가봐야 할 다른 두 나라

영화는 걸리버가 여행한 소인국과 거인국보다 훨씬 풍자적이고, 인간 혐오의 세상과 이상적인 존재로 상상한 다른 두 나라에는 가지 않았다. 두 나라는 마치 〈걸리버 여행기〉와 아무런 상관없는 척, 전혀 다른 외양

으로 다른 작품에 나타난다. 하늘 위에 떠 있는, 하늘을 떠다니는 성의 나라 '라퓨타'는 일본 애니메이션 〈천공의 성, 라퓨타〉에서 변형된 모습으로 만났다. 말(馬)들의 나라 '휴이넘'에서 지구상의 가장 야만적인 인간과 비슷한 동물 야후는 인터넷 검색 엔진의 이름으로나 쓰고 있다.

우리가 굳이 지금이라도 〈걸리버 여행기〉를, 동화가 아닌 소설로 읽

어 할 이유가 있다면, 바로 이 두 나라를 꼭 여행해야 하기 때문일 것이다. 현실과 거리가 멀고, 실현 불가능한 이를테면 오이에서 햇빛을 뽑아내고, 배설물을 원래 음식으로 되돌리고, 거미에게 염색한 파리를 먹여 다양한 색깔을 실을 뽑아내는 연구를 하는 라퓨타는 과학만능주의에 대한 통렬한 풍자이다. 실제 17세기 영국왕립학회의 모습이기도 하다. 그따위 연구나 하는 과학자들이 사는 라퓨타(영국)를 먹여 살리기 위해 땅의 섬 밸니바비(아일랜드)의 사람들은 식량을 모두 뺏기고는 굶주린다. 풍자 속에 스위프트의 비애와 울분이 숨어있다.

휴이넘은 어떤가. 스위프트는 범죄 없고, 모두 평등하게 교육받고, 공평하게 나눠 갖는 말과 교활하고, 복수심 많고, 비겁하고 더러운 야후의 다양한 직업속성을 통해 이상사회와는 거리가 먼 동물보다 못한 인간세상을 조롱한다. 때문에 16년 동안 걸리버가 경험한 여행체험은 달콤하고 행복한 판타지만 주지 않는다. 가장 추악하고 어두운 인간세상을 비추고 확인한다. 우리가 한번쯤 꿈꾸는, 절대 강자로서의 존재감을 누릴 수 있는 소인국 여행조차 즐겁고 행복하지 않다. 그러니 어떻게 〈걸리버 여행기〉가 모험과 상상의 동화가 되고, 가족이 함께 잠시나마 즐거운 환상의 여행으로 떠나는 영화가 될 수 있겠는가.

어떻게 보면 〈걸리버 여행기〉가 축소와 변형의 희생물이 된 것은 '아프고 부끄러운 것은 숨기고 싶은 인간들이 만든 운명'인지도 모른다. 다행이라면 이제는 동화 『걸리버 여행기』도 조금씩 라퓨타와 휴이넘으로까지 여행을 하고 있다는 사실이다. 웅진비주얼 세계명작시리즈처럼. 그렇다고 영화까지 그렇게 되기를 바라는 것은 과욕이다. 영화의 이야기 선택

출처: 네이버

에는 예술이나 가치보다 관객들의 기호와 '돈'이 우선이니까.

컴퓨터그래픽, 3D입체영상 같은 기술이 발달하면 할수록 더욱 그렇다. 스위프트가 라퓨타에서 풍자했듯 과학이란 놈은 점점 영화를 현실과 멀어지게 하고, 거짓과 환영의 세계로 우리를 이끌고 가려한다. 언젠가는 소인국에서까지 아이언맨을 등장시키고 말테니까. 위안이라면 같은 동화적 발상이라도, 할리우드와 달리, 굳이 〈걸리버 여행기〉를 표방하지 않고도 우리에게 진짜 걸리버 여행을 시켜주는 〈천공의 성, 라퓨타〉같은 영화가 있다는 것이다. 그러니 뚱뚱한 코믹배우 잭 블랙이 어설픈 원맨쇼로 명작을 망쳤다고 속상해 할 이유도 없다. 그의 영화를 놓고 원작은 전부는 고사하고, 반 토막도 안 되는 동화와 비교해 이러쿵저러쿵 말하는 자체가 한심하다.

소설읽기, 걸리버와 함께 제대로 여행하기

대신 한 가지. 지금이라도 한번 아이들 방에 있는 동화 『걸리버 여행기』라도 한번 다시 펼쳐보라. 그리고 거기에 짧게나마 편집자 멋대로 각색하고 요약해 실어놓은 라퓨타와 휴이넘이 없다면 완역본을 구해 읽어보라. "이 나이에 새삼스럽게 동화는 무슨, 그것도 다 알고 있는 것을"이

라며 허세를 부리거나, 건방떨지 마라. 기만이고 착각이다. 책을 읽고 있
는 당신을 보고 누군가 "이제 그것을 읽어"라며 비웃을지도 모른다. 그런
사람이야말로 스위프트가 『걸리버 여행기』에서 말하는 오만하고 위선적
이고 속이 빈 인간의 전형이다. '자기만 잘났다'는 투의 스위프트의 인간
혐오가 거북할 수도 있다. 그래서 차라리 동화나 영화가 낫다고 한다면,
영원히 어설픈 동화 속에 갇힌 어린아이로 남을 것이다. 『걸리버 여행기』
가 선사하는 세계의 속살과 진짜 냄새를 평생 모르고 지낼 것이다.

　영화가 때론 원작을 읽게 만든다. 궁금해서다. 〈걸리버 여행기〉는 그것
과는 거리가 멀다. 다만 동화책 한권 제대로 읽지 못한 궁핍의 유년기를
보낸 세대들이여, 그리고 이제는 동화의 조작에서 벗어나야 할 그들의 아
들들이여, 솔직해지자. 제대로 걸리버와 함께 여행을 한적 있는가. 잭 블
랙의 연기에만 한 눈 팔지 말고, 스위프트가 안내하는 300년 전의 인간풍
자의 세계를 한 번 만나보자. 아직도 그와의 여행에서는 얻을 것이 많이
있으니까.

룸

귀향

한나를 위한 소나타

레미제라블

설국열차

겨울왕국

머니볼

새로 만들기

"이 영화는 원작에 충실했다"는 감독의 말보
다 더 한심하고, 스스로 무능하고 창의성 없
는 '바보'임을 드러내는 고백이 있을까.
원작을 과감히 덜어내고, 그 빈 곳에 자
신의 눈으로 본 세상을, 자기의 영화
적 색깔과 시각적 요소로 섬세하게
채워야 한다.

"

룸

"

아이는 '지옥'을 '세상'으로 알았다

인간은 인지의 동물이기도 하지만 경험의 동물이다. 직접 보고 듣고 만지고 해보면서 점점 인식의 세계가 넓어진다. 간접 경험인 독서와 이야기만으로는 부족하다. 만약 태어나면서부터 작은 공간에서만, 극히 제한된 상황과 사물과 사람만 접하면서 산다면 어떻게 될까. 그곳이 '지옥'이라도 아이에게는 '세상'이고 '우주'일 수밖에 없다. 그런 아이가 어느 날 진짜 세상으로 나온다면.

소설 『룸』은 그런 아이에 대한 이야기이다. 가로, 세로 3.5m의 방(룸). 말이 좋아 룸이지, 사실상 사방이 차단된, 천장에 작은 창 하나만 있고 밖에서 문을 열어주지 않으면 절대 나갈 수 없는 외딴 창고이다. 이곳이 한 사람에게는 '지옥'이고, 한 아이에게는 '세상' 그 자체이다. 같은 장소이지만 극과 극이다.

'지옥'은 7년 전, 그러니까 열 일곱 살이었던 여고생 때 한 남자에게

납치된 조이의 것이고, '세상'은 그녀가 그 곳에서 5년 전에 낳아 키우고 있는 아들 잭의 것이다. 조이에게 그 방은 인생의 모든 것, 자유도 꿈도 삶도 앗아간, 그래서 단 하루도 탈출을 꿈꾸지 않은 적이 없는 무섭고 숨 막히는 공간이다. 반면 그곳에서 태어나서 단 한순간도 바깥으로 나가보지 못한, 납치범이자 생물학적 아버지인 납치범이 넣어준 물건들을 빼고는 나머지는 TV로만 보고 자란 아이에게는 그곳이 현실이고 '내가 사는 세상'의 전부이다.

방안에 있는 것들이라고 해봐야 생존에 필요한 기본적인, 앞에 '작은'이란 말이 모두 붙는 침대, 옷장, 싱크대, 욕조, 변기, TV 수상기, 그리고 『이상한 나라의 엘리스』, 『잭과 콩나무』 등 동화책 5권이 고작이다. 음식도, 전기도, 심지어 겨울철 난방까지도 납치범이 공급하지 않으면 그들은 굶어서 얼어서 죽을 수밖에 없는 신세다. 여자는 그렇게 7년을 살았고, 자신의 의지와 전혀 상관없이 납치범과 육체적 관계를 계속해야 했다. 그래서 두 번 임신을 했지만, 한번 여자 아이를 사산한 후에 아들 잭을 낳아 5년이나 그곳에서 길렀다.

끔찍한 '실화'에 대한 소설의 지혜로운 선택

상상은 그 무엇이든 가능하다. 때문에 얼마든지 현실보다 더 극단적 상황설정, 스토리텔링도 만들 수 있다고 생각할 수도 있다. 그러나 세상에는 도저히 우리가 상상조차 할 수 없는, 상상을 뛰어넘는 현실도 있다. 오히려 소설 『룸』은 그 현실을 자르고 깎고 부드럽게 다듬었다. 2008년 세상에 밝혀진 사건은 소설보다 훨씬 잔인했고, 끔찍할 만큼 그 시간은 길었다. 7년이 아닌, 무려 24년. 오스트리아의 한 여성이 그것도 다른 사람이 아닌 친아버지에 의해 지하밀실에 갇혀 그의 아이까지 낳았다. 현실이라고는 도저히 믿어지지 않는, 단테의 '지옥' 이야기도 이와 비교할 수는 없으리라. 인간의 상상 밖이기에 표현할 언어가 없다. 소설, 드라마, 영화조차도 스스로 죄를 짓는 것 같아 그려본 적이 없는 이야기다.

자극적이고, 희귀하고, 충격적인 소재라고 무작정 소설, 드라마, 영화가 될 수 있는 것은 아니다. 아일랜드 출신 여성작가 엠마 도노휴는 현명했다. 그는 사람들이 얘기조차 꺼리는 정신병적, 폐륜적 범죄소설이 아닌, 지옥에 갇힌 엄마와 아들의 믿음과 용기와 사랑, 그리고 그 지옥에서 마침내 벗어나게 된 엄마의 달라진 세상과 가짜 세상에서 진짜 세상으로 나온 아이의 혼란과 상처와 불안, 그들을 맞이한 '세상'의 모습을 아이의 눈으로 솔직하고 섬세하게 그리는 쪽을 선택했다.

만약 이런 선택이 아닌, 흥미를 자극하기 위해 범죄자와 범죄 자체, 그것으로 인한 희생자의 모습에만 집착했더라면 소설 『룸』은 사이코 스릴러로 나아갔거나, 사람들의 카타르시스를 위해 통쾌한 응징이나 복수의 '허구'를 집어넣는 삼류가 되었을 것이다. 무엇보다 공간의 극단적 제약,

그로 인한 인물들의 반복된 일상과 행동의 단조로움을 극복할 수 없었을 것이고, 그 한계에 더욱 약한 영화로는 더 더욱 만들어지기 어려웠을 것이다.

엠마 도노휴가 주목한 것은 피해자였고, 그들에게 주어진 상황과 환경이었으며, 그것으로 인한 엄마와 아이의 변화와 반응이었다. 그것을 위해 그녀는 자신의 상상력으로 아이의 순진무구한 시선과 심리를 묘사해나가면서 이야기를 풍부하게 만들었다. 극한 상황 자체보다는 그 속에서도 살아있는 모자의 사랑과 믿음, 관계를 섬세하게 풀어나갔다. 그 과정을 통해 소설은 우리가 사는 바깥 세상에 대한 풍경, 그것이 두 주인공에게 갖는 의미까지 짚었다. 그런 선택을 하지 않고, 사건의 충격에만 집착했다면 다섯 살 아이의 시선과 서술을 선택하는 용기조차 내지 못했을 것이다.

어떤 선택을 하든 『룸』은 극단적 대비로 이루어질 수밖에 없다. 폐쇄된 작은 공간과 넓은 세상, 어둠과 밝음, 감금과 자유, 느림과 빠름, 허구와 사실이 명확히 갈라진다. 그 대비의 경계는 모자가 지옥에서 탈출하는 순간이다. 그 경계를 어느 지점에서 할지는 소설과 영화의 공통된 고민이며, 실제의 시간과 사건의 진상과는 별개다.

그 지점은 소설과 영화가 같을 필요도 없고, 같아서도 안 된다. 같은 서사구조라도 무엇을 이야기할 것이며, 무엇을 보여줄 것인가에 따라 달라지기 때문이다. 작고 단절된 공간. 당연히 그 속에서의 시간과 인물의 모습도 단조로울 수밖에 없다. 거기에 리듬과 변화를 주는 것은 엄마 조이의 아들 잭에 대한 보호 본능과 교육이다.

보호본능은 지금의 이 지옥을 만들어 놓은 남자로부터 아이를 지키는 것이고, 교육은 진짜 세상이 있다는 것을 가르쳐주는 것이다. 그래서 조이는 남자가 아이에게 접근하는 것, 심지어 아이 얼굴을 보는 것조차 단호히 차단한다. 그가 생물학적으로는 아버지일지 모르나, 감정과 심리적으로 잭은 자기만의 아이다. 잭이 없었다면 조이는 지금껏 살아있을 이유도 없었다.

그런 잭에게는 방과 엄마가 세상의 전부이다. 직접 볼 수 있고, 만질 수 있는

출처: 네이버

것만을 진짜로 믿고 있기 때문이다. 그래서 TV에 나오는 다람쥐, 강아지, 바다, 심지어 자신과 엄마를 빼고는 다른 사람들도 모두 가짜이다. 가끔 찾아와 엄마와 침대에 들어가는 그 남자까지도. 이런 아이를 엄마는 '진짜' 세상으로 내보내려고 하고, 아이는 자신만의 '가짜' 세상(룸)에 그냥 있으려고 한다. 벽 밖은 우주가 아니다, 진짜 세상이 있다. TV에 나오는 음식, 바다도 마술이 아니라 실제로 있다는 엄마의 갑작스러운 진실 뒤집기는 아이에게 엄청난 '혼란'이고 '충격'이다. 말도 안 되는 '거짓말'이다. 아들 잭이 그것을 이해하고 받아드리도록 엄마가 가능한 온갖 수단을 동원해 설득하고, 설명하는 과정이 룸에서의 시간이고 변화이고 감동이다.

이 모든 것이 아이를 진짜 세상으로 내보내려는 준비이다. 만약 그 과정이 없다면 아이는 탈출할 이유도, 탈출할 용기도 가질 수 없다는 것을 엄마는 누구보다 잘 알고 있다. 그런 다음 동화와 소설, 신화 주인공들,

썩어서 뽑아버린 자신의 치아, 자르지 않은 아이의 긴 머리칼을 가지고 용기를 심어주고, 반복적인 연습을 통해 탈출방법을 가르치는 엄마의 마음이 답답하고 어둡고 느린 공간에 한줄기 희망의 바람과 빛과 긴장을 가져온다.

영화를 위한 선택, 시선의 변화

이 작품에서 가장 중요한 전환점이자, 대반전인 아이의 탈출 성공과 그것으로 모자가 7년간의 지옥을 벗어나는 순간은 기대만큼 스릴 넘치고, 감동적이지도 않다. 영화라고 다르지 않다. 오히려 어설퍼 보이기까지 하다. 7년 동안 그들을 그렇게 가둬놓은 남자 역시 '악마성'을 엿볼 수 없고, 그런 짓을 저지른 인간이라고 보기 어려울 만큼 아이의 탈출에 대한 대응도 엉성하다.

『룸』이 정말 중요하게 생각하고 이야기하고 싶은 것은 사건의 해결, 그것의 스릴과 희열이 아니라 밝고, 빠르고, 복잡하고 넓은 '진짜 세상'으로 나온 모자의 새로운 변화, 시간이다. 그것은 죽은 척해서 카펫에 둘둘 말려 남자의 트럭에 실려 나오면서 처음으로 하늘과 가로수와 도로를 본 아이의 낯설음과 놀라움이 예견하고 있다.

레니 에이브러햄슨 감독의 영화 〈룸〉은 그 순간을 환희로 받아들였고, 소설은 걱정과 두려움으로 받아들였다. 그리고 그 두려움은 영화와 소설 모두 모자에게는 현실로 다가왔다. 세상은 그들을 '놀라움'과 '호기심'의 대상으로만 대했다. 메스컴의 관심도, 이웃들의 동정과 배려도, 병원의 호의도 바탕에는 모두 그것을 깔고 있었다. 그들에게 그것은 새로운 두려움이고 상처다. 아무 경험 없는 아이에게는 길을 걷는 것도 새로운 모험이고, 머리를 자르는 것도 두려움이다. 아이는 "바람이 우릴 찢어버릴 거야", "빛에 피부가 타는 것 같아"라고 말한다. 그에게 세상의 모든 것은 현실이 아니라, 지금껏 룸에서 보던 TV의 재방송 같았다.

그것을 자신이 직접 경험해야 하는 아이의 혼돈과 상처에 대한 반응에 매스컴은 멋대로 과장하고 왜곡한다. "피해자들은 안색이 창백했으며, 악몽 같았던 장기간의 유폐생활로 인해 유사 정신분열증세를 앓고 있는 것으로 보입니다. 영양부족상태로 걷지도 못하는 소년은 화면에서 보다시피 구출한 경찰을 향해 충동적이고 신경질적인 태도를 보이고 있습니다"라고.

세상은 그들의 시간과 마음을 헤아리지 못하고, 소통하지 않고 그들을 다른 '룸'에 가두려 했다. 세상이 그 지옥을 잊게 해주기는커녕 자꾸만 기억하게 만들 때, 그들은 세상으로 나왔지만 세상과 만나는 마음의 문을 닫아버린다. "엄마, 우리가 TV 속에 갇혔어"

7년 동안 자신들을 가둔 남자만 악마가 아닐지도 모른다. 잭에게는 새로 만나는 세상 사람들이 외계인이고, '그들이 엄마를 다시 던져서 다치게 했다. 조이 역시 보고 있었다. '선과 악 사이 어딘가에, 양쪽을 조금씩 다 가지고 있는 사람들'을. 그 두려움과 절망을 딛고 희망을 만들어가는 것 역시 룸에서 그랬던 것처럼 엄마와 아들의 믿음과 사랑뿐이다. 조이는 어느 날 행방불명된 딸의 방을 7년 동안 그대로 두면서 살아온 어머니에게서도 확인한다.

영화는 소설만큼 인물의 내면화는 부족했다. 시간의 제약, 관객을 의식한 서사구조를 감안하면 어쩔 수 없는 일이기도 하다. 대신 상황극 쪽으로 기울어, "혼자 강한 사람은 없다"는 말과 함께 이 영화로 아카데미 여우주연상을 받은 브리 라슨과 실제로는 열 살이면서 다섯 살의 잭 역을 맡은 제이콥 트렘블레이의 연기로 작품의 감동과 깊이를 살려냈다.

그것을 통해 〈룸〉은 세상으로 나온 조이와 잭이 새로운 삶을 살기 위해서 필요한 것은 무엇일까라고 묻는다. 조이에게는 너무나 끔찍한 기억과 상처를 잊는 것이고, 닉에게는 가짜였던 세상과의 완전한 이별이다. 그것을 위해 그들은 용기를 내 룸을 다시 찾아 찾아 상처와 기억, 가짜 하나하나와 작별인사를 한다.

"안녕, 침대야"

"안녕, 테이블아"

"안녕, 옷장아"

"안녕, 벽아"

"안녕, 방아"

이제 문이 열린 그곳은 조이의 말처럼 방이 아니다. 더 이상 가짜 세상도 아니다. 문을 굳게 닫아 그들을 가둔 지옥과 가짜는 그 룸만이 아닐지 모른다. 그들이 살아가야 할 이 세상 곳곳에, 우리의 마음속에도 있을 것이다. 〈룸〉은 우리에게 말한다. 누구도 스스로든, 타의에 의해서든 같히지 말고, '사랑과 믿음'으로 그 문들을 모두 열어버리라고.

"

그럼 뭐라고 이야기하나요?
바깥세상에는 온갖 재미있는 것들이 있는데 우린 아무 것도 없다.
이렇게요?

"

"

귀향 / 한나를 위한 소나타

”

실화의 미덕과 한계

───────────────────────────────────────

　실화보다 더 좋은 '원천 소스'가 있을까. 영화가 원작에 의존하는 이유
가 스토리에 있다면, 또 소개와 사건과 인물을 원작에서 빌려오는 것이라
면, '실화' 또한 소설이나 다큐멘터리, 다른 예술 장르의 손을 빌리지 않
고 그 자체로 중요한 '원작'이라고 할 수 있다.

　오히려 다른 장르로 옮겨지지 않은 기록, 구술의 '실화'야말로 영화로
서는 더 반가운 것인지도 모른다. 영화가 가공의 세계이면서 현실에 뿌리
를 두어야 하는 것이라면, 아무도 손을 대지 않은 날 것 그대로의 '실화'
는 그만큼 가공이나 변형, 과장이 없는 순수한 재료가 되어 마음껏 영화
적 상상력을 동원해 요리해도 모방이나 변주라는 비난을 피할 수 있기 때
문이다.

　그렇다고 이런 호사를 마냥 좋아할 일은 아니다. 요리사는 운명처럼 늘
'원재료의 맛을 살려야 한다'는 심리적 압박에서 벗어날 수 없다. 자칫

자기 맘대로 양념했을 때, 원래의 맛인 '사실'을 잃어버리거나 왜곡하지는 않을까 신경이 쓰인다. 때문에 때론 영화가 뻑뻑하고, 헐렁하고, 사실과 허구 사이에 어정쩡하게 서있어 이 맛도 저 맛도 아닌 상태가 되고 말기도 한다. 아니면 자신이 없어 그나마 최소한 '사실'조차 제대로 전달하지 못하고 허덕이다 끝나거나.

실화를 바탕으로 쓴 소설이나 희곡을 원작으로 하는 영화도 그럴진대, 하물며 실화 그 자체를 영화로 만들 때는 말해 무엇하랴. 현실은 소설처럼, 연극처럼 그렇게 극적이지 않다. 반대로 소설과 연극이 상상하는 것 이상으로 극적일 수 있다. 전쟁과 광기의 역사 속에는 언어와 영상으로는 절대 온전히 드러낼 수 없는 '사실'도 인간사에는 얼마든지 존재한다. 그래서 『악마 같은 여인들』의 프랑스 소설가 쥘 아메데 바르베 도르비이는 "문학이 사회의 표현이라고들 하는데, 그건 말이 되지 않는 소리이다. 문학은 사회를 전혀 표현하지 못하고 있다"는 극단적 주장까지 했다.

지옥. 죄 지은 자들이 죽어서 가는 곳이다. 살아서는 누구도 가볼 수 없는 상상으로만 가능한 곳. 그런데 그들은 "여기가 지옥"이라고 했다. 죽은 자들의 영혼이 아니다. 1943년 일본군에 의해 강제로 끌려간 위안부들이다. 비슷한 시간, 조선의 정반대 쪽인 유럽에서 똑같은 말을 한 사람들이 있었다. 아우슈비츠 수용소에 갇힌 유태인들이었다. 그들 역시 독일 나치가 만든 그곳을 '지옥'이라고 절규하면서 죽어갔고, 그것을 그대로 보고만 있는 신을 원망했다. 두 '지옥'은 아직도 남아있다. 그곳에서 구사일생으로 목숨을 건진 피해자들과 전쟁의 광기에 사로잡혀 그 지옥을 만든 가해자들이 지금도 동시에 살아있기 때문이다. 역사와 과거 속으로 밀어 넣어버리거나, 묻어버리기에는 함께 기억하고, 해야 할 일들이 아직 많기 때문이다.

조정래 감독의 〈귀향〉은 그 '해야 할 일'의 하나를 이야기한다. 제목이 말하듯 죽은 자들의 넋을 위로하고, 그 넋이 고향으로 돌아오도록 하는 일이다. 방법은 뭘까. 기도면 어떻고, 굿이면 어떤가. 다큐멘터리면 어떻고, 영화면 어떤가. 누군가가, 무엇으로든 그 길을 조금이라도 열고 닦는 것이라면.

"이제 그만하자"는 사람들도 있다. 세월도 많이 흘렀고, 어설프지만 정치적, 외교적으로 마무리했으니, 이쯤에서 잊고 미래로 나아가자고 한다. 그러나 시대상황, 정치적 손익에 따라 바뀌거나 달라지는 역사의 청산은 마무리도 아니고, 진실도 아니다. 진심도 아니니, 위로도 아니다. 오히려 생생하게 살아있는 역사 속에서 아물지 않는 상처를 안고 사는 사람들의 상처에 소금만 뿌리는 짓이다. 지금도 유럽에서는 끝임 없이 그 날의 아우슈비츠 수용소의 사람들과 이야기를 찾아가는 영화들이 쏟아져 나오고 있는 이유를 생각해보라.

우리가 그들을 '기억' 하고 있어야 하는 이유

증언을 바탕으로 한 〈귀향〉을 두고 상업적 계산으로 두 감정, 즉 슬픔과 분노를 지나치게 극대화했다는 비판도 있다. 다큐멘터리가 아닌 영화이기 때문에, 〈귀향〉 역시 극적 구성의 유혹으로부터 완전히 자유롭지는 못했다. 그러나 어린 나이에 강제로 끌려가 일본군의 성 노리개가 된 20

만명의 어린 소녀들이 겪은 '지옥과 치욕의 시간들'을 하나하나 생각하면, 영화가 표현한 슬픔과 분노는 오히려 억제와 생략인지도 모른다.

뒤집어보면, 〈귀향〉의 선택은 위험과 부담일 수도 있다. 일본군 위안부들의 삶이 어떠했는지는 모두 알고 있다. 더구나 당사자들인 팔순 할머니들의 증언은 수없이 있었고, 그것을 담은 다큐멘터리도 한 둘이 아니다. 그 말의 기록(구술)이야말로 '진실'을 전하는 가장 강력한 무기임은 2015년 노벨문학상을 수상한 우크라이나 출신의 스베틀라나 알렉시예비치의 대표작으로 '목소리 소설'이란 장르까지 만들어낸 『전쟁은 여자의 얼굴을 하지 않았다』가 증명하고 있다.

그것을 알면서도 〈귀향〉은 구음과 굿판이 벌어지는 우리의 무속을 매개로 성에 대한 폭력의 현재와 과거를 연결하고, 인물들이 운명적으로 만나고 화해하는 드라마적 이중구조로 또 한번 위안부 이야기를 했다. 위안부로 끌려가 돌아오지 못한 정민(강하나)의 넋이 1991년 집에 들어온 강도에게 성폭행을 당한 여고생 은경(최리)에게 빙의되고, 은경이 씻김굿을 하는 노인의 제자가 되어 위안부 할머니 영옥(손숙)과 만나고, 은경을 통해 영옥은 정민의 영혼을 만난다. 이 모든 것이 위안부로 죽은 14세 소녀 정민의 넋을 고향으로 데려오기 위해서다.

현실과 73년 전을 오가는 〈귀향〉은 천진난만한 정민과 그와 함께 영문도 모른 채 만주 길림성 목단강가로 끌려온 조선의 소녀들을 따라가서는 헤어질 때 어머니가 당부한 "정신만 차리면 돌아올 수 있다. 거창 땅 한득이골로 데려다 주세요라고 해라"란 말을 잊지 않고 있는 정민을 만난다. 첫날부터 엄청난 충격과 고통, 절망으로 정신을 차릴 수 없는 정민과 그의 친구들의 비명을 들려준다. 일본군 오장이 무자비한 육체적, 성적 폭력을 가하면서 "너희는 인간이 아니다. 성군을 위한 암캐"라고 말하는 것이 과장만은 아닐 것이다.

〈귀향〉이 그려낸 일본군과 그들에게 성적으로 유린당하는 위안부들의 모습은 새롭지도 특별하지도 않다. 다른 영화에서 보았거나, 할머니들이 생생한 증언으로 폭로했다. 그곳의 참담함을 익히 알기에 〈귀향〉이 일본 군을 상대하는 위안부들의 단말마를 천장 위의 카메라로 한꺼번에 보여 줄 때는 눈을 감아버린다. 그 비극성을 자극적 성적 묘사로 느끼거나 받 아들일 대한민국 국민은 없다. 실화이지만 영화적 우연과 설정도 있다. 증거를 없애기 위해 일본군들이 위안부들을 학살하려는 순간 광복군이 기습을 하고, 정민과 그녀가 언니라고 부르는, 지금은 영옥이란 이름으로 사는 영희(서미지)만 극적으로 살아남았으나, 영희 대신 정민이 일본군 오 장에 의해 총을 맞고 죽는다. 그렇다고 〈귀향〉이 픽션이 되는 것은 아니 다. 일본군 중 유일하게 정민을 인간적으로 대하는 다나카를 통해 '지옥 에도 인간은 있다'는 것을 보여준다. 그럼으로써 일본군의 잔학성이 가벼 워지는 것이 아니듯.

〈귀향〉은 은경의 빙의와 굿으로 정민의 넋을 불러내 "차마 마음은 그 곳에서 못 돌아왔다"는 영희와 만나게 해준다. 그리고 둘은 "우리 이제 집에 가자"며 함께 돌아온다. 그들을 따라 죽은 다른 많은 위안부들의 영 혼도 나비가 되어 고향의 품에 안긴다. 그것으로 그들의 한과 역사가 남 긴 죄가 완전히 씻어지는 것은 아니다. 이렇게라도 뒤틀린 역사의 희생자 들인 위안부들을 위해 작은 '위령제'라도 지내주고 싶었다. 이 작은 시도조차도 쉽지 않았다. 오랫동안 투자자를 찾았으나 모두 외면했고, 우여곡절 끝에 일반국민 7만5,270명의 후원금(클라우드 펀딩)으로 겨우 만들었다. 만들고 나서도 개봉에 이 눈치 저 눈치 봐야했고, 이 영화를 보는데 눈치를 봐야했던 사람들도 있었다. 부끄러운 정치이고, 현실이다.

아픈 역사를 다시 확인하고, 치유하는 일은 괴롭다. 그래도 이를 외면하지 말고 눈을 크게 뜨고 직시하면서 단단히 아물게 해야 하는 이유는 상처를 준 자, 상처를 입은 자, 그리고 후손들 모두 두 번 다시 그런 과오를 되풀이 하지 않는 길을 찾기 위해서이다. '쉬쉬' 하는 듯한 이상하고 무거운 분위기에도 불구하고, 이미 알고 있는 '사실' 임에도 불구하고, 영화 〈귀향〉에 많은 관객이 몰린 것도 이 때문일 것이다. 역사는 누구 한 사람이 멋대로 정리하고 넘길 수 없는 것이기에.

신기하게도 너무나 영화적인 한나의 '실화'

수많은 소설, 영화들이 아우슈비츠의 비극을 이야기했지만, 지옥에서 죽음을 맞이한 수많은 유태인들의 '그 날' 의 절망과 절규를 온전히 담았다고 말할 수 없다. 그 반대도 부지기수다. 인생이란 영화나 소설이 상상하는 것처럼 그렇게 극적이지 않다. 많은 사람들은 그냥 그 시대, 상황 속에서 어쩔 수 없이 선택하고 흘러갈 뿐이다. '실화' 속의 주인공들이 모두 영웅은 아니다. 배우도 아니다. 그러나 소설은, 영화는 그들을 영웅으로 만들고 싶다. 멋을 과장하고, 연기와 거짓말을 해야 '작품' 이 된다. 아무리 원작의 '있는 그대로' 를 주장해도 예외가 없다. 소설은 소설이고, 현실은 현실이다. '실화'라고 해도 소설이나 영화로 옮겨지면 그것은 '100% 사실'이 아니며, 사람들도 그렇게 받아들이지 않는다.

사람들에게는 그 반대 심리도 있다. 소설이 지어낸 이야기, 영화가 과장한 이야기라고 말해도 '사실'로 받아들이고 싶어 한다. 이유는 갖가지다. 단지 모르고 있을 뿐 분명 세상에 존재하고 있을 것이라는 막연한 확신(개연성), 사실이었으면 좋겠다는 바람(대리만족), 아니면 도르비이의 말처럼 "비극적이고 비참한 세상을 드러내도록 그려질 때 도덕적"이라는 강박(허위의식)이 작용하는 것인지도 모른다.

공지영의 소설 『도가니』가 그랬다. 실화를 바탕으로 했지만 소설 전부가 '사실'은 아니다. 거기에는 작가의 상상도 섞여있고, 과장도 있으며, 변형도 있다. 그러나 사람들은 그 소설을 영화로 만든 〈도가니〉까지 몽땅 '사실'로 받아들였다. 영화도, 관객도 과장된 비극성이야말로 도덕성이라고 여겼다. 그 도덕성을 강조하기 위해 영화는 특수학교 교장과 교사의 폭력성을 확대했고, 관객들은 마치 지금까지 몰랐던, 아니면 누군가 숨긴 '사실'을 이제야 알게 되었을 때처럼 분노와 슬픔으로 치를 떨었다. '실화'를 바탕으로 한 영화의 힘이다.

어차피 '사실'도 그 순간이 지나면 그대로 보존되지 않는다. 누군가

는 이야기로, 사진으로, 그림으로 바꾸어 전해준다. 더구나 소설과 영화는 "과장이 아니다. 전부도 아니다. 사실은 절반도 못 담았다"고 말하니, 더더욱 '사실'이 아닐 수 있다. 결국 '선택의 문제'이다. 개인적으로 지금까지 본 아우슈비츠의 비극을 다룬 영화 가운데 가장 인상적인 한편을 꼽으라면 〈소피의 선택〉이다. 어린 아들과 딸 중에서 한 명만 살려야 하는, 어머니에게는 더 이상 잔인할 수 없는 선택, 그 앞에서 소피가 할 수 있는 것은 무엇일까. 미쳐버리는 것 밖에 무슨 다른 '선택'이 있을까. 그리고 감히 누가 그녀의 마음을 언어나 영상으로 표현할 수 있다고 건방과 위선을 떨 수 있겠는가. 어쩌면 여배우 메릴 스트립의 미친 연기에서 과장이 아닌 '진실'을 봤는지 모른다.

마르쿠스 로젠뮐러 감독의 독일영화 〈한나를 위한 소나타〉도 제2차 세계대전 나치 치하의 유태인 이야기다. 아우슈비츠의 비극성을 사실적으로 그려낸 〈신들러 리스트〉, 〈인생은 아름다워〉 등이 그렇듯, 이 영화 역시 '실화'다. 나치의 유태인 만행에 관한한 실화라고 새롭거나 특별할 것은 없다. 어린 소년, 소녀가 주인공이란 사실도 당시 그런 아이들이 150만명이 된다는 사실, 유명한 『안네의 일기』란 수기가 있어 놀랄 일도 아니다. 150만명 누구에겐들 이만한 사연이 없으랴.

　물론 유명하고, 안 하고, 특별한 재능이 있고, 없고를 따질 일은 아니다. 죽음 앞에 선 인간은 모두 같다. 그것은 역으로 생명의 가치는 그가 누구든 어떤 상황, 조건에서도 동일하다는 말도 된다. 나치의 아우슈비츠 만행은 물론 수많은 전쟁에서의 '정당성'을 강요한 살인이 '용서받지 못할 죄'인 이유이기도 하다.

　〈한나를 위한 소나타〉는 원제 Wunderkinder(신동)가 말하듯, 1941년 봄 우크라이나를 무대로 러시아의 유태인 천재 바이올리니스트 아브라샤(엘린 콜레브)와 피아니스트 라리사(이모겐 버렐) 남매와 그들에게 반한 독일소녀 한나(마틸다 에너믹)의 우정과 음악에 대한 사랑을 그렸다. 한나의 회상형식의 증언을 빌어 이야기를 전개시키는 이 작품은 음악이 소재인 영화답게 아름다운 악기의 선율이 역설적으로 전쟁과 인종차별의 죄악, 어른들의 죄를 꾸짖기라도 하듯 '형제의 맹서'를 한 아이들의 순수한 우정을 더욱 소중하게 드러낸다.

　극적 구성으로 재조립한 원작 없이 '사실'을 곧바로 영상으로 옮겼으면서도 〈한나를 위한 소나타〉는 신기하리만치 영화의 요소들을 모두 가지고 있다. 천재소년, 소녀들이 있고, 전쟁이 있고, 생명의 위협을 무릅쓴 우정이 있다. 문화와 예술에 대한 진지한 태도와 자존심도 있고, 추악한 전쟁을 비판하는 메시지와 그 속에서 꽃피운 아름다운 유산(라리사의 악보)도 있다. 마치 영화를 위해 '사실들'을 준비라도 해놓은 것처럼.

　그러나 이런 타고난 조건에도 불구하고 〈한나를 위한 소나타〉는 극적이거나 진한 감동을 자극하는 영화가 아니다. 〈어거스트 러쉬〉처럼 극적 결말에서, 비록 '거짓'일망정 혀를 내두를 만큼 멋진 연주가 이어지는

것도 아니다. 〈인생은 아름다워〉나 〈소피의 선택〉처럼 가족의 죽음으로 전쟁이 가져온 만행을 소리 높여 고발하면서, 그 비극성을 확장하지도 않는다. 아브라샤와 라리사를 영웅으로 미화하는 것도 아니다. 실존인물이지만 지금 그들의 흔적이 뚜렷한 것도 아니다. 가족 중 혼자 살아난 아브라샤 역시 전쟁이 끝나고 천재 음악가가 아닌, 악기복원 전문가로 살아갈 뿐이다.

그들은 그저 그때 죽어간, 아니면 간신히 살아남은 이름 없는 수많은 유태인 소년, 소녀들 가운데 한 명이다. '실화'라서 더 생생하고, 음악이 있으니 감동이 더 클 것이란 기대를 〈한나를 위한 소나타〉는 채워주지 않는다. 불경스럽지만 아우슈비츠 영화로는 심심하다는 느낌까지 들고, 영화사가 '감동적'이라고 떠드는 자랑이 오히려 민망하다. '사실'이 아닌 것을 만들거나, '사실'을 과장하지 않은 감독의 '양심' 때문일 것이다. 모든 사람의 삶이 영화처럼 극적일 수는 없다. 그러나 그런 삶도 누군가는 이야기하고 기억해야 한다. 〈한나를 위한 소나타〉역시 그런 것이다. 감동의 크기는 그들의 삶을 상상이 아닌, 현실에 발을 딛고 조용히 들여다보는 각자의 몫이다.

> "
>
> 내가 나비가 돼서 고향 가는 길 안내할테니께,
> 니는 내 뒤만 따라오면 된데이…
>
> "

레 미제라블

"

고전은 '패션'이 아니다

꿈보다 해몽이라고 했던가. 뮤지컬 영화 〈레 미제라블〉의 인기에 대한 '해석'이 참 다채롭다. 영화란 그렇다. 해석과 느낌에 정해진 길이 없다. 제각각 익숙한 길, 취향에 따른 평가, 가치관에 다른 시선, 찾고 싶은 메시지를 따라가면서 본다.

소설 『레 미제라블』을 제대로 읽고 나서, 영화를 본 사람은 많지 않을 것이다. '제대로'란 '처음부터 끝까지'를 말한다. 그 방대한 대하소설을 어찌 다 읽고 기억하랴. 더구나 요즘처럼 지식도, 독서도 인터넷 검색으로 대충, 초고속으로 훑고 지나가는 세상에. 아마 박경리의 『토지』도 지금 나왔으면 그렇게 많은 독자를 거느리지 못했을 것이다.

프랑스 대문호 빅토르 위고를 모르는 사람은 없다. 그의 걸작인 『파리의 노트르담』과 『레 미제라블』도 적어도 제목쯤은 초등학생도 안다. 소설 제목 그대로든, 주인공 중심으로 『노트르담의 꼽추』, 『장발장』으로 바

꾼 것이든. 이렇게 누구나 알고 있는, 어린이 문고판이라도 한번쯤은 읽어본 소설을, 영화를 보고나서 아이러니하게도 새삼스럽게 찾는 사람이 갑자기 많아졌다. 다섯 권짜리 무려 2,000쪽의 완역판이 15만부 이상 팔리는 이런 '기현상'을 어떻게 설명할까.

소설과 그것을 원작으로 만든 영화 사이에는 몇 가지 공식이 있다. 원작이 유명하면 영화도 많이 본다. 영화가 좋으면 원작도 많이 읽는다. 반대로 영화가 나쁘면 아무리 좋은 원작도 읽지 않는다. 그리고 마지막 또 하나. 원작이 너무나 유명해 영화로 여러 번 만들어지면, 영화도 원작도 인기가 없다. 그렇다면 『레 미제라블』은 어디에 속할까.

하나로 잘라 말하기가 어렵다. 원작이 워낙 유명해 여러 번 영화로 만들어졌으니 작품성이 좋아서 원작을 다시 읽는다고 할 수도 없다. 더구나 좋다고 군이 내용을 익히 알고 있는 원작을 다시 읽어야 할 이유도 없다.

50년 만에 다시 선보일 만큼 그 동안 완역본에 목말라 있었기 때문은 요즘의 독서 환경과 문화, 점점 줄어드는 독서층을 생각하면 더 더욱 아니다.

결국 〈레 미제라블〉을 잘 모르고 있었다는 것으로 밖에 설명이 안 된다. 아니면 250년 전에 나온 고전이지만 제목과 작가, 흔히 말하는 140자의 줄거리 밖에는 몰라, 우리에게는 새로 나온 소설처럼 다가온다는 얘기다. 영화가 그렇게 만들어준 셈이다. 『레 미제라블』이 인류의 보편적 가치를 깊고 넓고 웅장하게 그려낸 작품인지 읽어보지 않아서 제대로 몰랐다는 이야기밖에 안 된다. 그저 빵 한 조각을 훔친 죄로 억울하고 감옥 생활을 하고 나온 장발장이 신부의 도움으로 회계하고, 착한 사람으로 살아가는 청소년용 소설쯤으로 알고 있었던 것은 아닐까.

1862년 1월 1일, 혼란의 프랑스에서 빅토르 위고는 이 작품을 세상에 내놓으면서 책머리에 이렇게 썼다.

'법률과 풍습에 의하여 인위적으로 문명의 한복판에 지옥을 만들고, 인간적 숙명으로 신성한 운명을 복잡하게 만드는 영원한 사회적 형벌이 존재하는 한, 무산계급에 의한 남성의 추락, 기아에 의한 여성의 타락, 암흑에 의한 어린이의 위축, 이 시대의 이 세 가지 문제가 해결되지 않는 한, 어떤 계급에 사회적 질식이 가능한 한, 다시 말하자면, 그리고 더욱 넓은 견지에서 말하자면, 지상에 무지와 빈곤이 존재하는 한, 이 같은 종류의 책들도 무익하지는 않으리.'

무지와 빈곤의 세상에 대항하는 사랑

이 짧은 위고의 집필 의도와 이 작품의 의미만 읽었더라도, 왜 『레 미제라블』이 불후의 명작인지, 시간을 넘어 오늘을 사는 우리 모두에게 '고전'인지를, 어느날 갑자기 새로운 것을 발견한 것처럼 호들갑 떠는 일은 없을 것이다.

왜 빅토르 위고는 굶어 죽어가는 어린 조카를 위해 빵 한조각 훔친 죄로 무려 19년간 감옥생활을 하고 나와서는 세상에 대한 분개와 적대감보다는 사랑과 자비로 새 사람이 된 장발장 이야기를 이처럼 거대하고 비장하게 했을까. 적어도 17년에 걸쳐 쓴 그의 일생의 역작 『레 미제라블』은 시대와 국가, 인종을 초월해 인류가 영원히 추구해야 할 보편적 가치가 무엇인지, 그것들이 어떻게 누구에 의해 파괴되었으며, 또 어떻게 복원해야 하는지를 웅장하게 말해준다. 거기에는 삶이 있고, 시대가 있고, 역사와 사회가 있으며, 철학과 종교가 함께하고, 인간과 제도에 대한 날카로운 분석과 관찰이 있다.

빅토르 위고가 살았던 19세기의 프랑스는 부패와 타락의 세계였고, 모순과 부조리의 세상이었다. 가난과 무지로 인간이 인간에 짓밟히고, 야만과 탐욕이 지배하는 사회였다. 민음사 세계문학전집으로 다시 출간된 『레 미제라블』의 완역자인 불문학자 정기수 박사의 표현처럼 그야말로 "하나의 혼돈의 세계"였다. 프랑스가 추구하는 국가 이상인 자유와 평등과 박애가 사라져버렸다. 사랑도, 용서도, 구원도, 자비도, 안식도, 평화도 보이지 않았다. 톰 후퍼 감독은 영화 첫머리에 그것을 폭풍으로 깃대가 꺾여 바닥에 떨어져 흙탕물에 더럽혀진 3색의 프랑스 국기로 은유했다. 지옥은 저 먼 피안이 아니라, 바로 인간 세상에 있었다.

빅토르 위고는 그것을 이야기를 하는데 거창한 인물을 필요로 하지 않았다. 많은 인간들이 필요하지도 않았다. 어느 신문 한 귀퉁이에 실린 좀도둑과 그를 못살게 구는 형사, 그리고 주님의 사랑을 실천하는 신부로 얼마든지 가능했다. 미리엘 주교의 용서와 자비로 분노와 불신에 가득 찬 좀도둑 장발장이 회개하고 성자로 살아가는 모습을 통해, 장발장이 만나고 사랑하는 사람들을 통해, 자베르 경감의 자멸과 후회를 통해 얼마든지 19세기 프랑스, 나아가 프랑스와 별반 다르지 않은 유럽사회의 타락을 조롱하고, 인간다운 세상이 무엇인지, 그런 세상을 만드는 힘이 어디에서 오는지를 장대한 구성과 흐름으로 설파할 수 있었다. 위고가 왜 대문호인지 알게 해준다.

자유가 무참히 짓밟힌 장발장과 가혹한 형벌만이 정의라는 강박에 사로잡힌 자베르 경감, 가난으로 몸까지 팔아야 하는 판틴과 학대에 시달리는 그녀의 어린 딸 코제트는 200년 전 프랑스에만 있지 않다. 타락의 질병에 걸린 세상에서 '신음하는 자와 죄를 뉘우치는 자에게 한없이 몸을 구부리는' 미리엘 주교도 마찬가지다. 그들의 분노와 절규, 양심과 갈등, 혁명의 끊는 피와 순백의 사랑, 날카롭고 노골적인 세태풍자, 종교적 헌신과 애절한 죽음은 지금 이 시대 우리 모두의 것이기도 하다.

소설 『레 미제라블』은 팡틴, 코제트, 마리우스, 장발장을 차례로 각 권의 주역으로 등장시키면서 극적인 사건과 구성, 깊은 통찰과 울림 있는 언어로 느린듯하면서도 힘 있게 이끌어간다. 그 모습은 마치 신화와 같이 웅대하고, 그 소리는 큰 강물이 바위에 부딪치는 소리처럼 대서사를 이룬다. 구성은 자유롭고, 언어는 깊이와 힘과 섬세함이 넘쳐 이야기를 더욱 풍성하게 만든다. 완역 소설 『레 미제라블』에 대한 새삼스러운 관심은 겸연쩍게도 영화를 보고 단편적이나마 이를 발견한 때문일 것이다. 여기에는 세계적으로 인기를 끈, 영화의 직접적인 원작이 된 뮤지컬이 중요한 중간매개 역할을 했다. 대서사시를 노래로 압축하고 상징해 표현한 뮤지컬이 소설과 영화 열풍까지 불게 만든 셈이다.

뮤지컬의 현장성과 영화의 자유로움을 동시에

영화가 뮤지컬 형식을 그대로 차용했다는 사실 또한 아이러니다. 뮤지컬은 소설보다는 대중적 호소력이 강한 장르임은 분명하다. 소설보다 형식은 입체적이고, 느낌은 직접적이며, 노래가 갖는 리듬과 호소력이 있다. 소설에 이성과 상상과 인식이 있다면, 뮤지컬에는 감성과 압축과 자극이 있다. 반면 뮤지컬은 연극처럼 시간과 공간의 제약이 따른다. 동시성이 불가능하며, 동질성도 보장할 수가 없다. 공연 횟수의 한계로 폭넓은 대중적 접근도 현실적으로 쉽지 않다.

뮤지컬 영화는 이 같은 뮤지컬의 인기와 장점을 살리고, 한계를 극복할 수 있다. 그래서 톰 후퍼 감독은 뮤지컬을 그대로 살리는 전략을 선택했다. 지금까지 동화 수준의 영화는 수없이 많이 나왔기 때문에 배우와 감독만 바뀐다고 새로운 느낌을 주기도 힘들다는 점도 작용했으리라. 뮤지컬의 현장성에 영화의 시각효과를 더하고, 뮤지컬의 시간적, 공간적 제약을 영화의 동시성과 무대와 배경의 자유로운 이동을 통해 더 웅장하고,

화려하고, 사실적인 작품으로 승화시켰다.

후퍼 감독의 〈레 미제라블〉에서의 장면과 이야기 전개는 무대를 중심으로 이뤄지고, 배우들은 녹음이 아니라 뮤지컬 가수처럼 연기를 하면서 직접 노래까지 부른다. 뮤지컬만큼은 못하지만, 섬세한 감정을 담은 배우들의 노래가 처음에는 '가수가 아닌 배우'라는 이미지에 사로잡혀 어색하지만, 곧 배우보다는 음악 자체에 몰입되면서 감정이입이 된다. 솔직히 휴 잭맨이나 러셀 크로우, 앤 해서웨이, 에디 레드메인 등 영화에 나오는 배우들의 노래 실력이 빼어난 것은 아니었다. 아무리 연습을 했다고는 하지만 '성악'에 한계는 분명 있었다.

그러나 뮤지컬은 콘서트가 아니다. 노래 그 자체의 완벽성이 감동의 조건이 아니다. 그것을 부른 사람의 삶과 감정이 더 중요하다. 그래서 마지막 장발장(휴 잭맨)이 생을 마감하면서 코제트와 자신을 데리러 온 판틴의 영혼 앞에서 부르는 노래에 가슴 뭉클해지는 것이다. 물론 이런 감동이 있다고 영화가 뮤지컬, 나아가 소설을 뛰어넘었다고 말할 순 없다. 뮤지컬도, 영화도 장르의 특성과 시공간의 제약으로 방대한 소설과는 다른 구도와 흐름을 선택할 수밖에 없었다.

〈레 미제라블〉에는 저마다 온도와 색깔, 주제가 다른 세 가지 큰 이야기가 축을 이룬다. 장발장과 자베르 경감의 대결과 신부님의 존재로 집약되는 죄와 벌과 용서와 구원이 하나이고, 장발장과 코제트와 마리우스의 사랑이 또 하나이며, 마지막은 마리우스와 파리 젊은이들이 주도하는 사회 모순 타파와 저항의 시도이다. 소설은 여유를 가지고 때론 이들을 뒤섞기도 하지만, 영화와 뮤지컬은 이 셋을 바쁘게 번갈아 가며 따로따로 이야기해야 한다. 무대를 중심으로 극을 전개해야 하는 뮤지컬과 그것을 베낀 영화의 숙명이다.

영화는 특히 장발장과 코제트, 마리우스와 코제트의 사랑에 많은 관심과 시선을 집중했다. 이 또한 뮤지컬은 소설보다, 영화는 뮤지컬보다 통속성을 겨냥하기 때문에 멜로적 감성에 충실해야 하기 때문이다. 후퍼 감독의 영화는 결코 원작을 뛰어넘은 작품이 아니다. 뮤지컬의 변주이며, 이전 영화들이나 가지를 자른 소설 축약본과 크게 다르지 않다. 다만 뮤지컬처럼 소설 속의 주제들을 음악의 호소력을 빌어 자극적이고 강렬하게 드러낸 것만은 분명하다. 위대한 고전이 그렇듯 〈레 미제라블〉도 위고의 소설을 넘어서는 영화나 뮤지컬은 예나 지금, 그리고 앞으로도 나올 수 없을 것이다.

후퍼 감독까지도 궁금해 하는, 한국에서 그의 영화 〈레 미제라블〉이 열광적 인기를 끈 이유야말로 작품의 예술성, 오락성, 호소력에 앞서 주제에 있을 것이다. 용서의 힘, 법과 제도의 비인간성, 빈부격차의 비참한 현실, 사회변혁에 대한 젊은이들의 열망을 관객들은 우리 현실과 연결해 해석하고, 받아들이고, 공감하기 때문이었다. 뮤지컬도, 그것을 스크린으로 옮긴 영화도 제 역할과 가치를 충분히 했다.

영화와 뮤지컬은 패션(유행)이다. 어차피 유행이 지나면 다섯 권의 긴 소설 『레 미제라블』은 잊어지거나, 이제는 충분히 알았다며 다시 책장 한구석에 '고전'이란 이름표를 달고 가만히 꽂혀있기만 할 것이다. 다만, 세월이 흘러도 여전히 빅토르 위고가 말한 세상은 끝내 오지 않아, 다시 누군가 색다른 옷을 입혀 '유행'을 만들 때까지는. 그날이 언제일까?

66

미래를 창조하기에 꿈만큼 좋은 것은 없다

99

"

설국열차

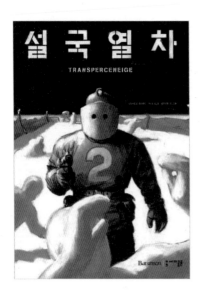

"

봉준호의 영화가 '영화'인 이유

봉준호는 '영화 감독'이다. 소설가는 아니다. 틈만 나면 그림을 그리지만 만화가도 아니며, 영화 〈살인의 추억〉을 위해 경찰서와 언론사 자료실을 뒤졌지만 그렇다고 기자는 더 더욱 아니다. 가끔 주먹 쥐고 구호 외치는 곳에도 얼굴을 내민다고 문화운동가도 아니다. 그냥 영화감독 봉준호이다. 지극히 당연하고 뻔한 '소리'를 새삼스럽게 강조하는 것은 영화 〈설국열차〉 때문이다.

이 말을 뒤집어 보자. 소설가가 아니기에, 봉준호는 이야기를 억지로 만들 이유가 없다. 물론 큐시트는 직접 만들지만, 만화가가 아니기에 정색을 하고 만화를 그리지 않아도 된다. 기자가 아니기에 '사실(fact)'만을 추구하고, 그것에만 충실할 이유가 없다. 문화운동가가 아니기에 비뚤어진 세상에 발벗고 거리에 뛰어나가 피켓을 들고 구호를 외치지 않아도 된다.

그는 '영화'만 만들면 된다. 영화로 이야기하면 된다. 그것이 아직도 미궁에 빠져있는, 어쩌면 영원히 진범을 알 수 없는 연쇄살인사건이든(영화〈살인의 추억〉), 어처구니없게도 한강에 괴물이 나타나 서울을 쑥대밭으로 만드는 이야기든(영화〈괴물〉), 엄마의 끔찍한 자식애착이 가져온 비극이든(영화〈마더〉), 모두 그의 선택이고 자유다. 미래 어느 날, 세상이 꽁꽁 얼어붙어 모든 생명체가 죽은 지구에서 유일한 삶의 공간이 되어 멈추지 않고 달리는 기차, 그 안에서 벌어지는 생존투쟁인 영화 〈설국열차〉도 마찬가지다. 봉준호의 영화다.

때문에 봉준호 감독에게는 소설도, 만화도, 희곡도, 사건의 기록도 자신의 것이 아니다. 함부로 손을 댈 수 없는 '성역'도 아니며, 오롯이 존중할 '교과서'도 아니다. 그에게는 영화를 만들기 위한 아이디어, 아니면 재료나 참고자료일 뿐이다. 그래서 그의 영화는 어떤 원작이나 사건에서도 자유롭다. 봉준호 감독의 영화가 영화다운 첫 번째 이유다.

봉준호 감독은 만화나 희곡에서 이야기와 소재를 가져와 직접 시나리오를 쓰고 영화를 만들기도 하지만 그들의 상상력에 얽매이지 않는다. 얽매이지 않는다는 말은 단순히 따라하거나 장르 변형에만 머무르지 않는다는 얘기다. 자기만의 색깔로 영화를 만든다는 얘기다. "이 영화는 원작에 충실했다"는 감독의 말보다 더 한심하고, 스스로 무능하고 창의성 없는 '바보'임을 드러내는 고백이 있을까.

원작의 명성, 작품성이 뛰어날수록 감독들은 곧잘 그런 말을 한다. 마치 그것이 겸손이고, 원작과 작가에 대한 '오마쥬(영화에서 존경의 표시로 다른 작품의 주요 장면이나 대사를 인용하는 것을 이르는 용어)'라도 되는 양. 이럴 때 영화의 모습은 뻔하다. 맞지도 않은 옷을 입고 원작을 따라 가느라 헉헉대고 비틀거리다 끝나거나, 힘도 없으면서 원작을 짊어지고 가다 그 무게를 이기지 못해 도중에 쓰러지거나, 그 무게를 덜어낸다는 것이 헐거운 흉내내기로 그쳐 영화로 제목만 남기거나.

사회학도 출신인 봉준호는 그렇게 하기를 거부한다. 그의 영화는 원작이 무엇이든, 그것이 어느 시대, 어느 장소에 있든 자기만의 상상과 영상언어로 끌고 와서는 지금의 세상을 이야기한다. 그의 영화가 원작에 갇혀 자유로움을 잃지 않고 어떤 이야기가 됐든 황당한 허구의 세계에서만 머무르지 않는 이유이자, 봉준호 영화가 영화다운 두 번째 이유다.

디테일로 만든 세상을 보는 '창'

봉준호 영화는 결국 세상, 그것도 우리가 살고 있는 지금의 삶과 풍경을 보는 '창(窓)'이다. 그것도 아주 개성있는 디자인에 유리를 맑게 닦은 창. 그 창을 통해 우리가 보는 풍경들은 상상이면서도 현실이고, 미래이면서도 현재이고, 타자이면서도 자아이다. 사람들은 봉준호 감독의 영화에서 미처 자신이 보지 못하고 느끼지 못한 '세상'을 확인한다. 한번으로 끝나지 않는다. 두 번 세 번 혹시라도 모르고 지나친 '세상'이 없나 영화를 되돌려 보고, 다시 한번 영화에서 확인한다. 그리고는 감독이 여기저기 조용히 숨겨놓은 섬뜩하고, 날카로운 '세상'을 포착하면서 새삼 놀라곤 한다.

조금만 시간이 지나도, 한번 보고나면 낡고 싸구려 옷처럼 보이는 다

1986년 시골마을,
두 형사에겐
모든 것이 처음이었다

살인의 추억

른 영화와 달리, 봉준호의 영화는 언제든 현재성을 가지고 새롭게 다가오는 이유이다. 그 힘은 봉준호 감독이 추구하는 '디테일'에 있다. 그에게 '봉테일'이란 별명이 붙은 것은 우연이 아니다. 그의 디테일은 사건, 구성, 인물, 대사는 물론 단역 배우에서 어떤 것은 제작진조차 모르고 지나가는 소품 하나하나에 이르기까지 미치지 않은 곳이 없다. 봉준호 감독의 영화가 영화인 세 번째 이유다.

그에 관한 일화가 있다. 15년 전이다. 영화 〈살인의 추억〉을 준비하던 그가 어느 날, 전화를 하고는 찾아왔다. 당시 한국일보 문화부 영화담당 기자인 나에게 새로 준비하는 작품을 설명하려는 것이겠거니 했다. 그도 그럴 것이 그때까지 몇 번 본 적도 없고, 나이 차이도 많고, 친하지도 않은데 기자에게 올 이유라곤 그것밖에 없다고 생각했다. 그런데 그게 아니었다. 전혀 뜻밖으로 조심스럽게 출연을 부탁했다. 그것도 연기경험이라고는 전무한 사람에게, 나중에 잘라도 그만인 단역이지만 영화에 꼭 필요한 국립과학수사연구소 최 박사 역을.

뜬금없는 그의 제안에 응할 마음은 없었지만, 이유는 궁금했다. 그는 이렇게 말했다.

"며칠을 그 역을 맡을 배우를 놓고 고민했다. 연극배우를 쓸까, 진짜

국과수 직원에게 부탁할까, 아니면 의사 출신으로 할까 하고 찾아봤지만 딱 맘에 드는 사람이 없었다. 그러다 나의 데뷔작 〈플란다스의 개〉 시사회 때의 인터뷰를 하던 선생님(그는 이렇게 불렀고, 아무리 선배로 바꾸라고 해도 나이들먹이며 지금까지 이렇게 부른다)의 그 거침없는 말투, 자신만만한 이미지, 날카로운 시선이 떠올라 무릎을 쳤다."

흔히 말하는 찬조출연도, 적당히 아는 사람에게 영화 한 장면 나오게 하는 카메오가 아니었다. 정식 '캐스팅'이라고 했다. '이 친구 보통이 아니구나' 하고 놀랐다. 그의 놀라운 '디테일'은 바로 그 다음에서 확인됐다. 영화 이야기를 하면서 그는 큼지막한 가방에서 엄청난 양의 자료를 꺼냈다. 모두 '화성연쇄살인사건'에 관한 것이었다. 거기에는 당시 수사기록은 물론 신문기사, 관련인물들을 만나 직접 인터뷰한 것들까지 있었다. 수북이 쌓인 자료를 보며 그에게 말했다. "당신이 기자 같다. 감독하지 말고 기자 하라"고. 영화 〈살인의 추억〉이 10여년이 지나도 왜 살아있는 영화로 수없이 반복 상영되는지, 이 에피소드 하나로도 설명이 가능할 것이다.

그에게 디테일은 영상언어인 동시에 영화적 설득력이고, 생명력이다. 원작을 살아있게 만드는 것도, 탄탄한 구성도, 이야기의 힘도 결국은 디테일이다. 단순히 원작에 있는 모든 것을 그대로 꾹꾹 눌러 담는다고 디테일이 채워지는 것은 아니다. 오히려 비울 줄 알아야 다시 채울 수 있다. 봉준호 감독은 그것을 안다. 원작을 과감히 덜어내고, 그 빈 곳에 자신의 눈으로 본 세상을, 자기의 영화적 색깔과 시각적 요소로 섬세하게 채운다.

미래의 열차에 현재를 싣고 달린 감독

〈설국열차〉에서의 디테일은 이런 것들이다. 관객들은 처음에는 모른다. 왜 중간에 열차 맨 뒤에 매달려 달리는 꼬리칸에서 폭동을 일으킨 주인공 커티스(크리스 에반스)가 노인에게 자기처럼 "두 팔이 있는 사람은 지도자가 될 수 없다"고 하는지를. 뜬금없거나 괜히 철학적인 대사 하나 넣었다고 생각한다. 그러나 나중에 봉준호 감독은 치밀하게 시간을 계산해 그 의미를 반드시, 그것도 가장 감동적으로 전해준다.

열차설계자 남궁민수(송강호)의 성냥도 마찬가지다. 의도적으로 하나 남은 성냥개비를 보여준다. 봉준호 감독이 그냥 버리지 않고, 열차 문을 폭파하는 가장 중요한 순간에 쓰기 위해 아껴둔 것이다. 작은 눈송이 하나, 열차 유리창 너머 멀리 보이게 놓아둔 추락한 비행기도 그에게는 '우연'이 아니다. 화면 구색 맞추기나 허전해서는 더더욱 아니다. 영화 〈마더〉에서 그의 제의로 두 번재 단역(약사)으로 잠깐 출연하면서, 지나가는 엑스트라 하나도 거리가 허전해서 의미 없이 등장시키지는 않는다는 사실을 알았다.

십중팔구 원작인 프랑스 만화 『설국열차』를 보고나면 더욱 영화 〈설국열차〉가 얼마나 봉준호 감독의 것이고, 그것을 위해 그가 얼마나 그 만화의 그림과 이야기들을 걷어내고 그 자리를 자신의 새로운 상상과 독창성으로 채웠는지 새삼 놀랄 것이다. 자크 로브와 뱅자맹 르그랑의 글, 장마르크 로세트의 그림이 나빠서도, 스토리텔링이 단조롭고 엉성해서도 아니다. 외국 만화가 가진 이질감 때문도 아니다. 그의 영화도 플롯과 무대는 단조롭고, 이국적이다.

그렇다고 영화 〈설국열차〉가 원작인 만화를 무시했다고 말할 수 없다. 적어도 봉준호 영화는 '결코 멈추지 않은 열차가 영원한 겨울의 광활한 백색 세상을 지구 이편에서 저편 끝까지 가로 지른다. 바로 1001량의 설국열차'란 설정으로 시작해, 중간중간 '그들은 재앙이 미치지 않은 곳을 찾아 탈출했지만 언제나 눈과 추위가 앞서갔다', '거룩한 기관차는 무를 향해 맹목적으로 돌진하고 열차가 지나간 자리에는 폭력과 질병이 맹위를 떨친다'면서 열차 안의 풍경을 통해 인간사회를 풍자하고, 동양적 사상(주역)을 바탕으로 진실과 거짓에 대한 철학적 탐색을 한 만화에 무한한 감사를 표해야 할 것이다.

영화 〈설국열차〉가 3편(탈주자, 선발대, 횡단) 중 처음 1편만, 그것도 인물부터 달리 시작했더라도, 아무리 봉테일이라 하더라도 인간과 문명 의 비판적인 주제와 그것을 가장 극단적, 풍자적으로 보여줄 수 있는 만화의 설정이 없었다면 〈설국열차〉를 달리게 할 수는 없었을 테니까.

물론 더 놀라운 것은 '장대높이뛰기 선수가 마지막에는 자신을 뛰어오르게 한 장대를 버려야만, 더 힘차게 날아오를 수 있다'고 소설가 김훈이 말한 것처럼 봉준호 감독 역시 그 만화를 스프린터로 삼아 '설국열차'에 세계인들을 태우고 달리게 만들었다는 사실이다. 달리는 '설국열차'는 미래이지만, 그 미래에 지금 우리가 살고 있는 '현실'을 실었다. 제한된 공간의 열차 역시 우리가 살고 있는 차별과 폭력과 갈등과 분열로 얼룩지고 있는 지금 이 땅과 다를 게 없다.

그런 점에서 영화 〈설국열차〉는 귀신의 세상이 인간 세상과 다르지 않다는 것을 보여준 미야자키 하야오의 애니메이션 〈센과 치히로의 행방불

명〉과 닮았고, 음습하고 비장한 분위기와 날카로운 풍자 속에서도 여자 총리 같은 독특한 캐릭터를 통해 유머감각을 잃지 않으려는 모습은 팀 버튼 감독의 영화 〈찰리와 초콜릿 공장〉을 연상시킨다. 그 풍자와 은유와 상상을 통해 현실의 부조리에 굴복하지 않고 늘 도전하고, 끝까지 희망을 버리지 않으려는 리얼리스트의 세상보기. 바로 봉준호 감독의 영화다.

영화다운 영화도 영화이지 현실은 아니다. 그러나 과거의 이야기든 미래의 이야기든 생생하고 섬세한 눈과 가슴으로 마치 지금 내가 사는 세상 같은 느낌을 준다면 그것 또한 영화감독이 된 사회학도에게는 또 하나의 세상이 아닐까. 거기에 원작이 있느냐 없느냐, 원작과 얼마나 다르냐는 중요하지 않다.

"

내가 가장 하고 싶은게 뭔지 알아?
바로 문을 여는 거야.
이 문이 아니라 밖으로 나가는 저 문

"

"

겨울왕국

,,

디즈니와 안데르센의 사랑과 배신

만약 안데르센의 동화가 없었다면 디즈니는? 반대로 디즈니란 영화사가 없었다면 안데르센 동화는? 디즈니 애니메이션이 이렇게 성장하면서 오늘까지 이어올 수 있었을까. 안데르센 동화가 아이들은 물론, 어른들까지 추억과 환상, 즐거움을 주는 고전으로 '확장'될 수 있었을까?

답은 분명하다. 둘 다 '노(No)'. 디즈니는 자신들이 개발한 캐릭터, 이 영화사를 만든 디즈니가 직접 더빙(음성 녹음)에까지 참여한 미키마우스를 새삼 등장시켜 '100주년'을 자랑하는 것이 결코 가능하지 않았을 것이다. 안데르센도 마찬가지다. 그저 어린 시절, 이따금 엄마가 머리맡에 앉아 잠자기 전에 읽어주던 '먼 나라, 옛날이야기'로만 기억될 뿐, 지금도 전 세계에서 살아 숨쉬는 동화가 되지는 못했을 것이다. 디즈니에게 안데르센은 위대한 '재료'이고, 안데르센에게 디즈니는 자신의 생명을 다시 불어넣어준 '요리'가 아니었을까.

이렇게 디즈니와 안데르센이 천생연분처럼 만날 수 있었고, 100년 동안 금슬 좋은 사랑을 이어갈 수 있었던 '궁합'은 두말할 필요도 없이 '환상'이다. 동화도 영화도 '판타지(환상)' 세상이다. 현실에서 볼 수 없고 이룰 수 없는, 그래서 더욱 꿈꾸고 싶은 세상을 이야기한다. 현실에 시선을 돌린 영화도 궁극적으로는 단순한 기록에 그치는 것이 아니라, 그것을 통해 새로운 세상을 꿈꾼다. 영화 장르 중에서도 특히 애니메이션은 실사영화와 달리 공간과 시간과 인물과 스토리를 무한 확장할 수 있다. 세트도, 배우도, 소품도, 로케이션도 필요 없다. 컴퓨터그래픽이 발달하면서 그것을 손으로조차 그리는 일에서도 더 자유로워졌다.

동화 역시 언어의 예술이지만 오래 전부터 시각(그림)예술과 결합했다. 어른들은 아이들에게 동화의 '무한한 상상력'을 그림으로 눈으로도 보여주는 친절을 베풀어 왔다. 아이들은 그 글과 그림을 듣고 보면서 상상력과 환상을 마음껏 펼쳤고, 어른들은 그것을 도와줄 의무가 있다고 생각했다. 그래서 나라마다 수많은 동화들이 저마다의 전설과 신화에, 환상과 상상력을 입고 나타났으며, 그 가운데 단연 스타는 양손에 백설공주와 인어공주의 손을 잡은 안데르센이었다.

어린이들의 꿈과 환상은 결코 비참하거나 추해서는 안 된다. 결말이 비극적이어도 안 된다. 공주는 더 없이 아름다워야 하고, 아무리 불행한 일을 당해도 끝에 가서는 멋진 왕자를 만나 행복하게 살아야 한다. 그래야만 아이들도 자신의 미래를 그 모습으로 그리고 꿈꾸면서 즐거워 할테니까. 이게 안데르센의 동화의 지향점이다. 디즈니 역시 가는 길이 같다. 그게 '돈(상업성)'이 되니까.

그런 디즈니가 안데르센을 놓칠 리 없다. 영원한 연인으로 받아들여 동화에 생명을 불어넣고 날개를 달아준다. 책 속에 정지된 화면(삽화)으로, 아니면 그것조차 없어 어린이들의 작은 머리로만 그려보던 답답한 상상력을 디즈니 애니메이션은 동화 속의 모든 것들을 살아있는 요정처럼 눈앞에 펼쳐 보인다. 그것이 끝이 아니다. 세상 어디에서도 만날 수 없는 아름다운 외모, 용기 있고 멋진 행동, 화려한 궁궐과 자연, 현실에서는 불가능한 온갖 인물과 자연의 파노라마와 아름다운 음악과 춤을 디즈니만의 멋진 솜씨로 결합시킨다.

자신을 향한 비판과 반발을 알고 있는 디즈니

아이들은 영화를 보는 동안 디즈니의 세상 속에 살고, 나중에 디즈니가 창조한 왕자와 공주가 되기를 간절히 원한다. 현실로 돌아와서도 동화와 영화가 가리킨 방향으로 세상을 보고 이해하려 하며, 자연스럽게 디즈니의 가치관을 받아들인다. 아이들은 자신도 모르게 가난한 백성보다는 귀족이나 왕족, 잘 생기고 예쁜 얼굴을 가지는 것이 이 세상을 행복하게 살 수 있는 조건이라 배운다. 커서도 그때 심어진 가치관은 쉽게 바뀌지 않는다. 어른들도 이기주의에 빠져 자기 아이들만 디즈니 애니메이션처럼 왕자와 공주가 되라고 말한다. '남자는 돈, 여자는 미모가 최고의 권력'이 되어 버린 지금의 세상이다.

그래서 사람들은 이제 안데르센 동화와 그것을 더욱 '환상적'으로 변주해 아이들의 가슴속에 파고드는 디즈니 애니메이션에 마냥 박수를 보내지

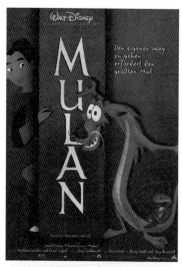

않는다. 인종우월의식, 외모에 대한 지나친 집착과 가치부여, 선악의 단순한 이분법 등을 아이들에게 심어 준다는 비판은 이제 새롭지도 않다. 안데르센 동화를 원작으로 한 영화만 그런 것은 아니다. 디즈니가 내놓은 수많은 애니메이션들, 새로운 소재를 찾아 멀리 중국에까지 가서 이야기와 인물을 찾아낸 애니메이션 〈뮬란〉에서도 예외가 없었다.

디즈니는 그것에 대한 고민보다는 오히려 어떻게 하면 첨단기술로 영화를 더 환상적이고 화려하고 기발하게 포장하느냐에 매달려왔다. 세상에는 새로운 아이들이 늘 태어나고, 그들에게 '백설공주'는 영원한 꿈이 된다는 디즈니의 오만함을 보는 듯했다. 그래서 2001년 어느 날, '옛날에 아름다운 공주님이 살고 있었는데, 공주님의 얼굴은 눈처럼 고왔으며'로 시작하면서 동화책을 북북 찢고 나온 징그럽기 짝이 없는 녹색 동물 슈렉과 못생겼으면서도 외모 바꾸기를 완강히 거부하는 피오나 공주에 사람들은 엄청난 통쾌함을 느꼈다.

영화 〈슈렉〉의 등장은 디즈니에게도 엄청난 충격이었다. 꼭 아름다운 공주와 멋있고 흰 피부의 왕자만이 영원불변 애니메이션의 주인공이 아니라는 사실, 그런 작품이 아니라도 얼마든지 아이들에게 즐겁고 아름답고 감동적인 애니메이션이 될 수 있다는 사실을 깨달았고, 그 깨달음은 디즈니의 '길'을 바꾸는 자극제가 되었다. 일본 애니메이션이야 저 먼 나라의 것이고 '정서'와 '문화'가 다르다고 무시할 수 있었지만 바로 이웃에서의 '반란'과 '환호'에는 디즈니도 더 이상 어쩔 수 없었다.

첫 몸부림이 '안데르센에서 벗어나자'였다. 100년의 맹목적 사랑은 이제 끝내자는 것이었다. 디즈니 스스로의 한계에 대한 돌파구이자, 새로운 시장에 대한 적응전략이기도 했다. 그래서 디즈니는 왕궁을 벗어나 거리로 나와서는 가난한 동네로 발걸음을 옮겼다. 화려하고 빠른 영상과 춤과 노래가 어우러지는 전매특허인 '환상의 종합선물세트'도 던져버렸다. 떨어질 각오를 하고 사람들에게 익숙해진 장르에 과감하게 재빨리 올라타서는 영원한 연인 안데르센의 외모를 절반쯤은 새로운 모습으로 바꾸었다.

감독 크리스 벅과 제니퍼 리 감독의 〈겨울왕국〉도 그 모험의 하나였다. 그 모험은 매우 계산적이었다. 〈겨울왕국〉은 제목에서부터 주인공의 이름과 캐릭터, 작품의 배경과 스토리텔링, 분위기까지 안데르센의 『눈의 여왕』을 따라가지 않았다. 동화에서 오누이처럼 사이가 좋은 친구 카이와 게르다는 엘사와 한나 자매가 됐다. 세상을 얼어붙게 만들고, 한나의 가슴에 박혀 생명을 위협하는 얼음조각도 악마가 신과 천사를 놀려주려고

만든 '아무리 아름다운 것도 흉측하게 보이는 거울'의 조각이 아니라 마법에서 나오게 했다.

자매가 작품의 중심이 되는 이런 스토리텔링과 인물 설정은 '알고 보면 결국에는 멋있고 아름다운 남녀의 로맨스'인 디즈니의 '원칙'을 벗어나는 것이다. 한나를 첫눈에 반하게 만든 사기꾼 왕자 한스와 결국에는 한나에 대한 사랑의 승리자가 되는 우직한 얼음배달 청년 크리스토퍼가 있지만, 그들이 주인공은 아니다. 물론 엘사와 한나는 백설공주나 인어공주처럼 아름답지 않다. 오히려 한나는 서민적 친근감을 주는 말괄량이 이미지로 만들었다.

춤과 음악은 어떤가. 일단 디즈니 애니메이션의 단골인 관습적이고 규칙적으로 등장하는 군무와 합창이 없다. 대신 경험을 통해 애니메이션에서 음악의 힘과 지금 세계영화시장에서 강자로 군림하는 장르가 무엇인지를 정확히 아는 디즈니는 아예 〈겨울왕국〉 전체를 '뮤지컬'로 만들었다. 그리고는 엘사와 한나에게 진짜 뮤지컬 영화 못지않게 공들인 노래 'Do you want to build a snowman', 'Let it go'를 부르게 했다. 이중창, 번갈아 부르기 등 노래하는 형식과 캐릭터들의 움직임, 영상이나 무대도 뮤지컬 영화 관습 그대로다.

가치관도 바꾸었다. 한나가 사기꾼인 한스 왕자에게 첫 눈에 반해 결혼하겠다고 하자, 언니 엘사는 완강히 반대하며 그 이유를 이렇게 말한다. "방금 처음 만난 남자와 결혼은 안 된다. 그 사람을 정확히 알지 못하기 때문에". 과거 디즈니 애니메이션의 선택과는 정반대다. 인어공주나 백설공주 모두 처음 본 남자에게 첫눈에 반해 결혼했다. 그러나 이제는 아니다. 크피스토퍼처럼 신분보다는 얼마나 진심으로 자신을 사랑하고 있는지가 중요하다는 것이다.

〈겨울왕국〉도 주제는 사랑이다. 영화는 돌 요정인 '트롤'들의 합창을 빌어 말한다. "사랑엔 놀라운 힘이 있다. 사랑을 베풀면, 변화시킬 수 있다. 누구나 부족하다. 필요한 것은 사랑이고 해결방법은 진정한 사랑이다. 사랑은 상대를 먼저 생각하는 것이다"라고.

이 보편적, 불변의 가치만은 천하의 디즈니도 바꿀 수 없었을 것이다. 바꾸어서도 안 된다. 다만 그 사랑이 더 이상 남녀가 아닌, 가족(자매)에게로 넓혔다. 얼음궁전에서 엘사를 나오게 하는 것도, 얼음으로 얼어붙은 한나를 다시 살아나게 하는 것도 진정 자매의 사랑에서 나온 눈물이다. '너를 위해서 나를 희생하는 진정한 사랑이 얼어붙은 심장을 녹이고 세상을 녹이리라'. 이 얼마나 아름다운 메시지인가. 또한 가족이기에 가능한 것이 아닌가.

디즈니는 이렇게 새로운 모험과 영리한 세상읽기로 세계인들의 박수를 받았다. 그 자신감으로 디즈니는 이 영화를 시작하기 전, 탄생 1세기를 자축하는 의미로 100년 전 흑백의 평면 미키마우스가 옛 스크린을 북북 찢고 나와서는 화려한 3D 입체로 변신해 종횡무진 객석과 스크린을 누비듯. 다가오는 1세기 동안에도 멋지게 비상하는 꿈을 꾸고 있다.

〈겨울왕국〉은 그 꿈을 향한 첫 날 개짓에 불과하다. 디즈니는 끝없이 변화할 것이고, 미키마우스처럼 환상과 현실 사이에서 아슬아슬한 줄타기를 계속할 것이다. 그 예상은 빗나가지 않았다. 잘난 인간들, 그들만이 사는 세상을 조롱이라도 하듯 약하고 보잘 것 없는 토끼를 경찰관과 뻔뻔한 사기꾼 여우를 등장시켜 사건해결을 맡기는 버디 무비, 아니 버디 애니메이션인 〈주토피아〉로 디즈니가 새로운 세계로 날아오르는 것을 보면.

그렇다고 디즈니가 안데르센으로부터 완전히 자유로진 것은 아니다. 『눈의 여왕』의 어느 작은 도시, 평범한 이웃 소년과 소녀를 거꾸로 궁전과 공주 자매로 바꾼 것을 보면 여전히 '왕자병과 공주병'에 미련은 남아 있다. 하긴 그 공주병이란게 쉽게 고쳐지겠는가. 불치병이라는데.

66

사랑이란?
다른 사람이 원하는 것을 네가 원하는 것보다
우선 순위에 놓는 거야

99

"

머니볼

"

1등이 늘 1등을 하는 세상이라면

두 야구팀이 있다. 한 팀은 선수들의 총 연봉이 1억2,600만 달러이고, 다른 한 팀은 연봉이 그것의 3분의 1에도 못 미치는 4,000만 달러. 어느 쪽이 좋은 성적을 낼까. 십중팔구는 실력이 뛰어난 선수들이 즐비한 연봉 많은 부자구단이다. 바보가 아닌 다음에야 형편없는 선수들에게 많은 돈을 주는 구단은 없다. 확률적으로 당연한 이치다. 그런데 말이다. 스포츠에는 가끔 그 반대의 일도 일어난다. 사람들은 그것을 기적이라고 말한다.

야구는 무엇보다 팀워크가 중요하기 때문에 아무리 우수한 선수들이 많아도 서로 뭉치지 않으면 소용없다는 상투적인 이야기를 하자는 것이 아니다. 그것을 모를 구단은 없다. 부자구단이니 그쪽에 투자도 아끼지 않을 것이다. 선수뿐만 아니라 팀워크까지 잘 살리는 감독, 코치까지 스카우트를 한다. 팀워크가 좀 약하다 하더라도 막강한 투수가 상대 타자들을 봉쇄하고, 홈런 타자가 단번에 점수를 내버리면 이긴다.

그러나 한 두 경기면 몰라도 100경기 이상을 하면 평소 실력대로 결과가 나올 수밖에 없다. 때문에 모든 구단이 거액의 연봉을 주더라도 뛰어난 선수를 잡으려고 하는 것이다. 뛰어난 선수가 자만에 빠지거나, 운 나쁘게 부상을 당해 출전을 못하는 '행운'에 편승해 이겨보려는 것도 현실성이 낮다. 고액연봉 선수일수록 성적에 따라 몸값이 크게 좌우되기 때문에 누구보다 최선을 다한다. 아주 운이 나쁘지만 않다면 철저한 자기관리로 부상의 염려도 적은 편이다.

도대체 어떻게 '기적'을 만들 수 있을까. 한 가지가 있다. '실력이 뛰어난 선수'에 대한 평가기준 자체가 잘못됐다는 것을 증명하면 된다. 그 기준을 바로 잡으면 결과도 분명히 달라질 수 있다. 지금까지 야구에서 믿었던 그 '실력'이 사실은 엉터리이며, 일생 동안 믿고 해왔던 것에 대해 사실은 우리가 너무나 무지했다는 것을. 그것을 증명해 보인 사람이 바로 마이클 루이스의 소설 『머니볼』의 주인공 미국 프로야구 오클랜드 애슬레틱스 구단의 빌리 진 단장이다.

베넷 밀러 감독이 영화로 만든 〈머니볼〉은 일종의 전기물이다. 빌리 빈(브래드 피트)은 고교시절 미국 최고의 선수였다. 타자의 3박자인 잘 치고, 잘 달리고, 잘 던지는 그야말로 모든 프로야구팀에서 욕심을 낸 선수였다. 그러나 그는 프로야구의 세계에 가서는 실패했다. 고교야구와 프로야구는 그 속성부터 본질적으로 달랐고, 그 차이에서 오는 좌절을 극복하지 못했다. 실력보다 성격이 문제였다. 투수와의 대결에서 지고는 못사는 주체할 수 없는 자존심, 무작정 치고 나가려는 조급함이 그를 무너뜨렸다.

이 지점에서부터 그는 냉정했다. 그는 스스로 프로야구에서는 뛰어난 선수가 될 수 없음을 인정했다. 그래서 구단에서 선수를 영입하는 스카우터로 과감히 전향했고, 자신을 들여다보면서 깨달은 '뛰어난 선수에 대한 평가 기준'을 적용하기 시작했다. 가장 가난한 구단이 부자 구단을 상대로 지금과 같은 방식으로는 선수를 스카우트할 수도 없고, 좋은 성적을 낼 수도 없다는 그의 냉철한 현실적 자각이 '기적'을 이끌었다.

기준이 다르면 평가도 달라진다

2002년 오클랜드는 3명의 일급 선수를 거액을 제시한 다른 구단에게 내줬다. 대신 치명적 부상으로 제기가 불가능하다고 판명이 난 선수, 결정적인 단점으로 도저히 선발로 내세울 수 없는 선수, 나이가 40에 가까워 한물간 선수를 받아들였다. 가난한 팀으로는 어쩔 수 없는 선택이었고, 프로야구 관계자들은 물론 야구팬 역시 좋은 성적을 기대하지 않았다. 한동안은 예상대로였다. 오클랜드는 연패를 거듭했고, 리그 꼴찌에서 벗어나지 못했다.

그러나 빌리 빈과 그의 새 파트너인 데이터 분석가 피터(요나 힐)는 믿고 있었다. 리그 중반인 7월까지 1위와 승차를 7게임으로 좁히고, 막판에는 아메리칸리그 서부지구 1위로 뛰어오르리라는 것을. 그런 그들의 기대를 사람들은 비웃었다. 선수들조차 자포자기였으며, 구단주는 빌리 빈을 불러 성적부진의 책임을 물으려 했다. 그러나 7월이 되자 정말 '기적'이 시작됐다. 오클랜드는 리그 1위에 올라서고도 연승행진을 멈추지 않으면서

메이저리그 140년 역사상 최초로 '20연승'이란 대기록까지 작성했다.

도대체 오클랜드 야구단에 무슨 일이 있었기에 신기록과 3년 연속 플레이오프 진출을 달성할 수 있었을까. 미국에서 두 번째로 가난한 구단이 엄청난 부자 구단들과 겨루어 두 번째로 많은 승리를 챙길 수 있었을까. 답은 하나였다. 빌리 빈의 말대로 기존의 선수 평가기준을 완전히 허문 것이었다. 빌리 빈과 예일대 경제학과 출신 피터는 기존 스카우터들의 선수평가 방식을 과감히 버렸다. 대신 스포츠, 나아가 야구계의 '불변의 진리'와 본질에 충실한 기준을 도입했다.

야구는 화려하고 장쾌한 홈런도 1점이고, 볼 넷이나 데드볼(사사구)을 얻어 밀어내기를 해도 1점이다. 멋진 안타를 쳐도 1루에 나가지만, 볼을 잘 골라도 살아 나간다. 중요한 것은 화려하고 멋진 모습이 아니라, 1루에 가는 것이다. 살아나가야만 한 루씩 나아가 점수를 뽑고, 방법이야 어떻든 점수를 많이 뽑는 팀이 이긴다. 아무리 안타를 수십 개 쳐도 점수를 내지 못하는 비효율의 야구는 소용없다. 그렇다면 타자가 안타를 치는 비율(타율)이 중요할까, 아니면 어떤 방법으로든 살아나가는 출루율이 중요할까. 키가 작으면 어떻고, 나이가 먹었으면 어떻고, 뚱뚱하면 어떻고, 무명 선수면 또 어떤가. 유명세나 신체조건, 겉만 화려하고 실속 없는 성적은 과감히 버리자. 통계부터 다르게 보자.

빌리와 피터는 데이터를 철저히 분석해 엉뚱한 편견으로 주목을 받지 못하거나, 평가가 낮은 선수들을 찾아 팀에 합류시킨다. 그리고 그들을 적재적소에 배치해 승률을 높이는 게임을 한다. 바로 '머니볼 이론'이다. 팔꿈치 부상으로 공을 거의 던지지 못해 푸대접 받고 있는 스캇 헤티버그, 사생활이 복잡하다는 이유로 외면당한 제레미, 늙어서 체력이 약해 뛰지 못한다고 결론이 난 서른일곱 살의 데이비드 저스티스를 적은 연봉을 주고 스카우트한다. 이유는 셋의 출루율이 고액연봉을 받고 나간 3명의 선수와 비슷하다는 것이었다. 적은 연봉으로 같은 효과를 낼 수 있으니 이익이다. 가난한 구단의 단장으로 상대를 이길 수 있는 유일한 방법이다. 충분히 일급 중간계투요원이면서 단지 투구 폼이 이상하다는 이유로 무시당한 채드 브래드포드를 영입한 것도 같은 이유였다.

팀내 스카우터들은 당연히 반대다. 그들은 야구는 과학과 통계가 아니라며 경험과 직관을 앞세우고, 선수들의 단점을 들먹인다. 그런 그들에게 빌리는 단호하게 말한다. "이건 토론이 아니다. 새 방식에 적응하라"고. 물론 미래는 누구도 알 수 없다. 그러나 한 가지, 가난한 구단이 부자구단을 흉내 내면 평생 1등을 할 수 없다는 사실이다.

모든 스포츠 영화는 '인생'이다

야구만이 아니라 모든 것이 그렇다. 문제의 핵심은 리더를 믿느냐다. 빌리 빈은 그것을 모르고 오랜 관습만을 고집하는 베테랑 스카우트 팀장을 해고한다. 새로 영입한 세 선수를 선발로 기용하지 않는 감독의 고집을 꺾기 위해 구단에서 쫓겨날 각오로 같은 포지션을 맡고 있는 꽤 잘 나가는 선수들을 방출하는 초강수를 두는 것 역시 당연한 선택이다. 믿는다면 과감히 실행해야 최선의 결과가 나오니까.

빌리에게는 또 하나의 믿음이 있다. 자신이 선택한 선수이다. 그는 누

출처: 네이버

구도 관심을 보이지 않은 그들의 장점을 인정하고 칭찬했으며, 마음을 열고 그들에게 다가가 관심 어린 대화를 했고, 끝까지 기다려 주었으며, 100% 자기 실력을 발휘할 때까지 비난보다는 용기를 북돋워주었다. 아웃을 당하더라도 참을성 있게 상대의 실수를 기다리는 과정의 중요성도 강조했다.

믿음은 그들에게 자신감을 불러주었고, 단점보다는 장점을 더 강하게 만들었다. 스펙은 초라할지 몰라도 오클랜드를 승리의 팀으로 나아가게 했으며, 마침내 기적까지 만들었다. 대망의 20연승을 앞두고 11-0으로 이기다 11-11로 동점을 허용한 9회, 자기 앞으로 볼이 오는 것이 두려워 1루를 맡지 못하던, 볼넷을 얻어 걸어나가는 것이 주특기인 해티버그가 대타로 나와 끝내기 홈런을 날렸다. 그렇게 해서 5번이나 플레이오프에 진출했으나 모두 패함으로써 리그우승과 월드시리즈 진출에는 실패했지만, 빌리는 진정한 승리자였다.

그가 원한 것은 승리만이 아니었다. 20연승이란 대기록도 아니었다. 그는 누구도 야구를 새롭게 만들 수는 없지만, 변화시킬 수는 있다는 사실을 증명하고 싶었다. 그것도 가난한 구단을 통해서. 부자 구단이 뛰어난 선수들을 모아 승리하면 어떤 변화도 나오지 않는다. 영원히 자본의 경쟁구도에 갇히고 만다. 야구 대신 '인생'을 대입해도 마찬가지일 것이다. 빌리의 스카우트와 선수기용, 선수에 대한 믿음은 야구를 넘어 인생으로까지 나아가 있다.

스포츠 영화는 현장을 중계하는 것처럼

스포츠영화가 늘 그렇듯 영화 〈머니 볼〉 역시 야구 이야기만은 아니다. 더구나 프로야구의 꽃이라고 할 최고 타자나 투수, 아니면 감독의 이야기도 아니다. 아무도 관심을 기울이지 않은, 늘 경기장 뒤편에 서있는 스카우터, 단장의 이야기이다. 야구를 통해 인생을 이야기하고, 세상을 이야기한다. 스포츠 영화의 존재이유이다. 스포츠를 각본 없는 드라마라고 하는 것도 이 때문이다.

그렇다고 스포츠영화가 스토리 구성을 제 맘대로 해도 된다는 얘기는 아니다. 한판의 승부가 그렇듯 그 속에도 기승전결이 있고, 역전이 있어야 한다. 소설 『머니 볼』은 마치 인물에 대한 관찰일기처럼 진행되지만 그것을 가지고 있다. 소설은 그것을 아주 편리한 몇 마디의 글로 묘사하면 그만이다. 영화는 그렇게 할 수 없다. 실제 경기 장면이 나와야 하고, 배우가 선수가 되어 그라운드에서 뛰어야 한다. 그 어려움 때문에, 그것을 엉성하게 재연하면 실제 스포츠 경기의 각본 없는 드라마보다 재미도 긴장도 없기에 특히 구기종목의 경우 영화로 잘 만들지 않는다.

영화 〈머니볼〉은 짧지만 그것을 밀도 있게 보여줌으로써, 마치 카메라가 연출이 아닌 현장을 있는 그대로 중계하고, 담은 것처럼 느끼게 했다. 거기엔 브래드 피트의 노련하고 능청스런 연기도 한몫을 했다. 그렇게 스

포츠 영화로는 독특한 주인공을 선택한 〈머니볼〉은 한번쯤은, 한 사람쯤
은 인간과 세상을 다른 방식으로 보고, 걸어가 보라고 말한다. 그러면 우
리가 미처 몰랐던 세상도 만나고, 새로운 인간의 능력도 알게 되고, 지나
쳐버린 소중한 가치들도 발견할 수 있다는 것이다.

  기적은 신이 만들지 않는다. 기적은 행운의 산물도 아니다. 행운이라는
것도 긴 인생을 놓고 보면 공평하다고 누군가 말했다. 기적은 결국 인간
이 만들어낸다. 대단한 능력을 가진 인간도 아니다. 주어진 상황에서 최
선을 다하고, 용기 있게 새로운 길을 찾고, 긍정과 믿음으로 마음을 다해
함께 그 길을 걸어가는 〈머니볼〉의 빌리 빈과 해티버그 같은 인간들이다.

  그러나 처음부터 금수저니 흙수저니 하며 갈라놓거나 정해놓고는 그것
이 삶을 끝까지 끌고 가는, 어떤 이변과 역전도 허용하지 않는 지금 우리
사회에서도 과연 그들이 설 곳이 있을까. 누가 그들에게 과연 기회를 만
들어 줄까. 그리고 기다려 줄까. 1등이 늘 1등만 하도록 모든 것을 정해
놓은 사회. 재미도 없고, 희망도 없다.

"

한 번도 본적이 없는 예수님은 믿으면서
타자를 잡아내는 자기 모습을 수없이 봤으면서도
왜 자네 능력은 믿지 못하는 건가?

"